〔意大利〕路易吉·皮兰德娄◎著

吴　喆◎译

六个寻找剧作家的角色

海峡出版发行集团　海峡文艺出版社
THE STRAITS PUBLISHING & DISTRIBUTING GROUP　Haixia Literature & Art Publishing House

图书在版编目(CIP)数据

六个寻找剧作家的角色/(意)路易吉·皮兰德娄著;吴喆译. －福州:海峡文艺出版社,2017.8(2023.9 重印)

(诺贝尔文学奖大系)

ISBN 978-7-5550-1176-7

Ⅰ.①六···　Ⅱ.①路···②吴···　Ⅲ.①多幕剧－剧本－意大利－现代　Ⅳ.①I546.35

中国版本图书馆 CIP 数据核字(2017)第 144482 号

诺贝尔文学奖大系

六个寻找剧作家的角色

［意大利］路易吉·皮兰德娄　著　吴喆　译

责任编辑	蓝铃松
出版发行	海峡文艺出版社
经　　销	福建新华发行(集团)有限责任公司
社　　址	福州市东水路 76 号 14 层
发 行 部	0591－87536797
印　　刷	福州俊丰彩印有限公司
地　　址	福州市晋安区鼓山镇鼓一村福光路 189 号
开　　本	889 毫米×1194 毫米　1/32
字　　数	128 千字
印　　张	5.625
版　　次	2017 年 8 月第 1 版
印　　次	2023 年 9 月第 3 次印刷
书　　号	ISBN 978-7-5550-1176-7
定　　价	39.00 元

如发现印装质量问题,请寄承印厂调换

颁奖辞

瑞典文学院常务秘书 霍尔斯陶穆

路易吉·皮兰德娄的创作包罗万象。从一个短篇作家的角度来看，他的作品量之大是史无前例的，尽管是在这个文学盛行的国度也无人能及。薄伽丘的作品以《十日谈》最为知名，其中有一百则短篇小说，可以说涵盖了众生万象，是世界文坛中的旷世之作。它包含了一百则短篇小说。而皮兰德娄的《一年的故事》(1922—1937)在 365 天中每一天都有一篇故事。他这些短篇小说主题各异，文风也各有特色：刻画人生的题材，有些是单纯的写实，有的却饱含了深刻的道理或者一些奇特的观点，不过风格却是风趣和嘲讽。他的创作富含诗情，充满想象力，用想象和创造性的观点代替了对现实的渴求。

这些短篇创作皆是作者信手拈来的成果，这样的创作习惯给予作品的只会是富有情感、不矫揉造作和充满活力。短篇小说之所以叫短篇，是因为作者必须在有限的字数内赋予文章严谨的构造，这估计是随性而发的小缺憾。在作者匆忙的下笔中，他很难掌控笔锋的走向，没有照顾到全文的布局。因此，他的短篇作品尽管满溢着无边的创造性，但是这些并不能成为泰斗级文学大师的成名作。我们不难发现，这些主题在他日后的创作中很大一部分都被引用到他的剧作中。

他的小说并不是他在文坛中扬名的主要领域，虽然他在之后的戏剧创作中所要表达的对现代剧坛有相当深刻影响且具启迪作用的思想，在小说的字里行间已有体现，但这仍然为他的戏剧创作奠定了一定的方向和基础。

在这儿，我们会提到在他众多小说里的一部比较能够体现他的整体创作意识的小说。他对于我们存在的这个刻板的唯物主义世界的鄙夷和惧怕毫不遮掩地在这部小说——《开拍》(1916) 中表露出来。书名来自《初次拍摄》中的电影专用名词，这个词用在一幕戏准备正式摄影的时候提醒演员。讲述的对象是来自大电影公司的摄影师，在工作时有了非凡的感触，他认为：人生不论悲与喜，皆是物质存在，皆是为了打发用模子印刻出来的以物质为基础的生活，除了虚度光阴，没有其他作用。照相的机器成了通过胶卷和影片猎食万象、展示万象的妖怪，它令所有事物显现出真实的形态，这种形态只具有虚无的外表而缺失了灵魂。现代社会的人们仿佛流水线上生产出来的零件一般，呆板且千篇一律地前行着，灵魂早已消失殆尽。作者明确地表达出自己的看法和观点，竭尽所能地刻画、嘲讽现实的生活。

探讨单纯的内心思想问题是皮兰德娄戏剧的基石。尽管作者潜意识中偏向悲观理论，但毫无疑问的是，这个年代里的困苦与遭难对他戏剧里的悲伤情怀的潜移默化的作用是巨大的。

皮兰德娄用《赤裸的面具》(1918—1921) 作为他戏剧集的名字，因为它所蕴含的深意是很难以用正确的语言翻译的。从字面上来看，它只是"赤裸的面具"，但是"面具"常常用来比喻光鲜的外表。而这里它所表示的含义是人们自欺欺人和欺骗他人的现象，这正是皮兰德想要表达的"自我"——光鲜的外表之下蕴藏着难以窥探的内心。再加以深刻的研究和分析，这个词可以衍生为"隐藏的面具"：这是作者对于戏剧中人物的刻画——人们的脸上皆蒙覆着一个隐形的面具，只有透过现象才能看到本质。这也正是这个词所要表达的寓意。

皮兰德娄的写作手法中最出彩的便是他拥有可以将人们内心所要表达的想法变成戏剧在舞台上展示出来的能力，戏剧创作的题材来自普通人。他的创作中，灵魂始终存在，一个疑问还没解答，另一个又出现，让人没办法分清当中的重点在哪里。最终，即使他耗费大量心血也没办法知悉，因为它其实本无重点。世上万物皆有与之对立的"象"，我们无法完全地控制其中任何一个，可是这些作品却能掌控万众的呼吸。这样的结果相当违背预想，作者对待这个现象是这么认为的：他的创作"取之于民，赋予作品以灵魂，众多素材经过深思熟虑后征服了我的思维"。这是一个根本的意象，而不是像很多人认为的那样——被意象伪装成的抽象概念。

人们都认为皮兰德娄只拥有"唯一"的思维，个体灵魂的幻象，也就是"我"的幻象。这个可能性十分轻易地被肯定了。没错，作者完全陷入这样的思维中。但是，如果将这种思维延伸，将人们肯定他的所见、所闻、所思的一切都包揽其中，这样的指责对他来说相当不公。

皮兰德娄开始写戏剧时，也借鉴过通俗文学。他从社会以及道德素养，血亲之间和社会阶层中对待荣誉、礼仪的万年不变的矛盾，和人们的"性本善"在捍卫自己对于抵抗缺点时的遭遇作为主题，从伦理和逻辑方面繁杂的、节奏紧凑的场景中体现出来，用成功或者失败作为结局。这些问题在剖析角色里的"本我"时有它们本就具备的相对体，而且角色之间就如同想法与其思维斗争，是紧密相连的。

在他的一些作品里，他人的想法——因为他们的性格导致，使得他们品读到结局的想法成为主旨。他人认识我们就如同我们认识他人一样无法全面，可是我们却对别人妄下论断。在这样盲目论断的影响下，一个人的内心意识也会因此发生变化。作者在《一切皆佳》(1920)中全文都贯穿着对这方面心路历程的刻画。在《给裸体者穿上衣服》(1923)中对这一理念有着极大的转变：他设定了一个纯悲剧的人物，一个惨淡的个体，一个"本我"，认为生命平淡无奇，只求一死。之后，他开阔自己的视野至外围的世界，有了一个伤怀的遗愿：只求一件合体的寿衣，来满足他美妙的幻想——这是由于他人也有关于前世的见解。在这吸引人的创作中，因为烦闷甚至连欺骗都被认为是可以原谅的。

然而作者的言论才刚刚开始。他的其他几部剧作也涉及相对论里的欺骗，他凭借清晰的调理来深度探讨关于欺骗罪行的深浅。虚拟物体的权益在《我给你的生命》(1924)里被诠释得相当彻底。一个失去唯一儿子的女人，世上再没有可供其留恋的东西。但是她的内心却有一个能够驱散死亡的强大声音，就如同光驱赶了黑暗一样，将她叫醒。之后，她不再是自己，世上任何东西都成了幻影，任何事物都是"想象出来的"。她认为自己掌控着记忆和幻想，并且这两者是统领一切的。她的儿子将一直存在于她的内心深处，那里将没有空洞，再也没有外力能够将之带走。他就在她跟前，只不过触摸不到他的肉体罢了，她感受到他在那里就像她能够感受到任何事物一样。现实的相对物体就这样凭借一种简单明了而严肃的秘诀体现了出来。

相同的相对论断以一个难以知悉谜底的谜面出现在《是这样，如果你们以为如此》（1918）中。这部戏被称作是一个寓言，也就是说这个内容离奇的故事并不以它的真实面孔面对世人。它是一个为了传播中心思想而巧妙编撰出来的故事。一个刚刚迁往乡村小镇居住的家庭，他们逐渐被邻居排斥。家里的成员有三：丈夫、太太和太太的母亲。先生丈母娘在某些层面上来说还是合理性看待事物的，但是他们同时被家里这个拥有荒唐想法的太太折腾得烦恼不堪。在这个矛盾上，最后一个说话的人总是认为自己的语言具有统率性，但是总的比较他们之间争辩的话语，论断仍旧不明。他用相当了不起的戏剧表现手法以及对人物心灵里最为巧妙的想法的见解，来刻画这两个人物之间的对峙和证词。按常理来说，他的太太可以宣布答案，但是每当她出现时，总是像知识女神一般，面纱覆面，用神秘的语调说话。对每个对之有兴致的人来说，她就是她原有身份的象征，让人们保持他们脑海里对她的定位。现实中，她代表着没有人能够掌控的大局。

这部戏绝妙地嘲讽着人们的八卦心态和故作聪明。作者将不用的角色在读者面前罗列出来，将他们的自负心态毫无缺漏地表现出来，有时让人啼笑皆非，有时让人为之不齿，想从中发现事情的真相。

这真是部杰出的作品。

作品的中心思想依旧是对"我"的剖析——分解天性里相互对立的成分，否定幻想时自我的完整性和用象征手段刻画"隐藏的面具"。因为他有着络绎不绝的创作动力，皮兰德娄从不同的方面来研究、解释问题，其中的一些我们在之前也讲到了。

在探究"癫狂"这一难题时，他有很多重要的突破。譬如：在《亨利四世》（1922）这部悲剧里，让人难以忘怀的是处在历史长河里的对自我认定而做的努力。在《游戏规则》（1919）里，皮兰德娄安排了一出单纯是为了抽象定义的戏剧，他根据人为造成的责任观来阐述社会中人们由于与生俱来的压力会决绝地做出令人惊讶的事情来。就像被魔棒一挥，抽象游戏就凭借着一种让人为之癫狂的存在方式跃然于舞台之上。

《六个寻找剧作家的角色》（1921）如同我们先前所讲过的游戏，但又是完全不一样的一出戏，它的内容严谨却充满了奇幻色彩。在这里，插着翅膀的想象力远远超过了抽象的意念。这是一场充满诗情画意的戏剧，同时也说明了剧场与现实、外表与内里之间的真真假假。更深层面来说，它散播着生活正在被摧毁的时代充斥着言语攻击和暴力这些让人几乎窒息的信号。这部剧有浓厚的情感、一定层次的理性以及满溢的诗意，真是鬼斧神工之作。这部戏剧闻名于世，证实了它能被世人所接受和理解，这和剧本同样是令人不可思议的。在这里，我们也无须在回忆这段神奇的过往细节上耗费太多时间。

质疑的心理学是皮兰德娄创作名垂青史的作品的基石，相当悲观。倘若一般接受新鲜且大胆构思的民众们用一样的无邪思想来接受这一想法，那是相当危险的。但是不必担心它会发生，因为它存在于其适当的领域里，一般的读者很难领悟到这么深的层次。倘若有人意外地相信他的"自我"是虚幻的，他便会很快地被实际上"自我"还是有这一定程度的真实感所说服。就如同思维的自由没有办法正视它的存在，但我们的经历却一直在证明着它的存在，所以，"自我"相当明显地也让人有能够记得它的手段。这种手段很可能是浅显易懂的，但也可能是捉摸不透的。当中最捉摸不透的或许就存在于想法这项功能的本身，特别是想要消除"自我"的想法。

但是这位了不起的作家的剖析工作依旧有着它难以替代的存在感，尤其是在这个时代里，在我们所面临的林林总总的事物的相互比较之下，心理剖析带给我们相当繁杂的事物。它传播着欣喜和快乐，甚至被很多虔诚的人们当作神一样的存在，当作未开化的神灵的敬拜！对于那些有着幻视的人来讲，它就如同水里纠缠不清的海藻，小鱼们经常在海藻丛前彳亍思考，直到想通了，才隐匿在海藻丛中。皮兰德娄的怀疑主义让我们免去这样的经历。更深层次来说，他协助我们，他警醒我们，切忌盲目地用教条主义或者用鲁莽的手段来接触人们内心深处的敏感物体。

按照一个伦理思想家的话来说，皮兰德娄既不矛盾，也没有妨碍任何东西。他凭借着一种高雅的、古典的人道主义来看待人类的世界。他烦闷的悲观思想并没有将他的理想主义消磨殆尽，他深刻地研究理性，没有斩断生命之根。在他的思想里，幸福没有占很大的份额，但是生命的尊严却有着重要的一席之地。

亲爱的皮兰德娄博士，将您精彩绝伦的文学创作做一次简要的概述，对于我来讲，简直是困难至极。想让这样的概述毫无瑕疵简直难如登天，但是我很庆幸自己算是完成了这项艰巨的使命。

现在，请您自国王陛下手里接过由瑞典文学院颁给您的诺贝尔文学奖。

致答辞

路易吉·皮兰德娄

感谢诸位亲王大驾光临此次盛宴，鄙人真诚地向你们表示最崇高的敬意和感谢。同时，还要感谢在座各位的到来。在前面的神圣的会议上，我很荣幸地从国王陛下高贵的手中接过 1934 年诺贝尔文学奖的奖杯，这个宴会是难忘今宵的落幕。

我还要向优秀的瑞典皇家学院表达我深深的敬意和感谢，因为他们公平的评判，照亮了我冗长而崎岖的文学之路。

为了能够获得在文学上所付出的回报，我进入了社会大学。社会大学在那些无师自通的人看来没有任何价值，但在我看来却让人受益匪浅。贴心的、认真的用一颗坦诚的心作为起点，能够传道授业解惑的，倘若不是学堂里的老师，至少是社会上的阅历——社会上的种种遭遇不至于让他因为所认知到的事物而抛弃本身的信仰与自信，这是灵魂层面的。这个信仰来自我灵魂里最淳朴的那一块领域。我认为我必须完完全全地将自己交给所信仰的社会众生。

我丝毫没有停止关注以及深刻地认真学习和思考着用这个题材来揭露人性：一种令我们敬畏和热爱生命，带着不堪的醒悟、糟糕的阅历、恐怖的伤害以及能够开阔我们视野的境遇，让我们日益成长的、在毫无防备之下犯错的生命。为了能够坚持这段灵魂的深造，我耗费了大量心血，它令我不仅成长，也在不经意间保留了最原始的自己。

　　在我的才华渐显痕迹时，我无法令我的生活继续，就如同一位为艺术献身的人士一样，只有思想和感官左右我。能够思想是因为我的感官仍在，能够感受这个世界是因为我没有停止我的思想。实际上，在营造一个只有自己的环境中，我只创造出那些我能够感悟得到以及我认可的东西。

　　在我知道你们能够重视我这样的创作，并且认为我能够获得这个妇孺皆知的奖项时，我的感动、骄傲和欣喜无以言表。

　　我坚信这个奖项并不是给予一个作家写作能力的肯定而颁发的——那不过是信手拈来的事情罢了，不足挂齿——我认为是为了我作品中开诚布公的人性。

目 录

六个寻找剧作家的角色

剧中人物

剧中角色：

父亲

母亲

儿子（二十二岁）

继女（十八岁）

小男孩（十四岁，无台词）

小女孩（四岁，无台词）

帕奇夫人（后来出场的角色）

剧院演员：

导演

女主角

男主角

女配角

女青年演员

男青年演员

其他男女演员

舞台监督

提词员

剧务

布景师

导演秘书

剧院看门人

剧院工作人员

　　故事发生在白天，某剧院的舞台上。

　　本剧是不分幕，也不分场的。在整个戏剧演出中将有两次停顿：第一次是在导演和角色们讨论戏剧情节的时候，其他演员暂时离开舞台，现场停顿一段时间但不落幕。第二次停顿是因为布景师的工作出了错，误将幕布放了下来。

〔观众进入剧场时，舞台就像是还没有准备好演出一样，一切都杂乱无章。舞台上的幕布是拉开的，两边没有侧幕；台上的光线昏暗极了，而且没有任何布景，空荡荡的。

〔舞台左右两侧都有楼梯，供演员们上下舞台所用。

〔舞台一侧，提词员的席位已经布置妥当。舞台另一侧的前方，摆放着专门为导演准备的小桌和靠椅。

〔另外，舞台上还有一大一小两张桌子和一些散乱摆放的椅子，都是供排练使用的。隐藏在舞台角落里还有一架钢琴，不仔细观察几乎看不到。

〔在昏暗的光线下，一个穿着蓝衬衫、腰上别着工具袋的布景师走上舞台。他在舞台后方的角落里找了些布景用的木板，搬到前台。他比画了一下木板的摆放位置，便蹲下钉起钉子来。这时，听到敲击声的舞台监督马上从化妆室跑了上来。

舞台监督　喂，你在干吗？

布景师　干吗？我当然是在布景！

舞台监督　现在这个点吗？（看一下手表）都十点半了，导演马上就要过来排练了。

布景师 我工作也是需要有时间的，这你知道吧。

舞台监督 会有时间给你弄的，但不是这个时候。

布景师 那是什么时候？

舞台监督 只要不在排练时间就行。现在请你走开点儿，快把这些都收拾了。我马上要安排排练了，今天排练《角色扮演的游戏》第二幕。

(布景师一边喘着粗气收拾着木板，一边嘀嘀咕咕地发着牢骚走下了舞台。此时，剧团的十来个男女演员三五成群地走了过来，他们是准备来排练皮兰德娄的戏剧《角色扮演的游戏》的。他们互相打着招呼，向舞台监督问好。寒暄一番之后，一些演员走进化妆室去准备，其他演员则留在舞台上等着排练。舞台上的人或坐成一圈，或站着聊天，其中有人抽烟，有人大声读着报上的新闻，还有人发起了牢骚，无非是一些对分配的角色不满的闲话。提词员把剧本夹在胳膊下，静静地等候着导演的到来。这时，一个演员坐到钢琴前，弹奏起舞曲，其他演员按捺不住，纷纷跟着音乐跳起舞来。)

(为了让这场即兴表演更加具有欢乐和活跃的气氛，男女演员都应穿着颜色鲜亮的服饰。)

舞台监督 (拍手，要求安静下来)安静，安静！导演已经来了。

(钢琴声和舞蹈顿时停下来。演员们齐刷刷地望向门口，看见导演的身影果然出现在那里。他戴着硬顶的礼帽，胳膊下夹着一根手杖，嘴里叼着一根粗大的雪茄，正穿过通道，向舞台走来。演员们纷纷向他问候，秘书向前递上一些信件：有几份报纸和一份装在文件袋里的剧本。)

导演 有没有信？

秘书 任何信都没有，所有的邮件都在这儿了。

导演 （剧本交给秘书）送到我房间去吧。（然后打量了一下四周，对舞台监督说）这里太昏暗了，把灯打开。

舞台监督 是，这就开灯。

（舞台监督指挥人将灯打开，演员们所站的舞台左边在一瞬间亮了起来。提词员坐到他的位置上，扭开面前的一盏小灯，翻开剧本。此时，舞台上慢慢变得井然有序起来。）

导演 （拍手）大家注意了，现在开始排练！（向舞台监督）还有人没到吗？

舞台监督 女主角还没到。

导演 每次都是她。（看了看表）这会儿已经迟到十分钟了。这次一定得扣她的工资，她才不会再犯，帮我记下来。（他话音未落，女主角的声音从门口远远地传来。）

女主角 来啦，来啦！（她穿着一身白衣服，头戴一顶大檐帽，怀里还抱着一只小狗，急匆匆地从通道跑上舞台。）

导演 你怎么老迟到？

女主角 对不起，对不起，我早就出门了，可是等了好久都拦不到出租车，你叫我怎么办呢。现在应该还没开始吧，况且第一场也没有我的戏。（随后她叫来舞台监督，把小狗抱到他怀里）请帮我把这个小乖乖放到我的化妆室里，关上门，别让它跑出来。

导演 （不满）怎么排练还带只狗来，你是嫌这里不够乱吗？（又拍拍手，朝提词员示意）开始！开始！准备排练《角色扮演的游戏》第二幕。（他坐上专用靠椅）安静一下，这一场该谁上了？

（演员们从舞台中央散开来，走到旁边去候场，台上只剩下三个准备出场的演员和女主角。女主角似乎没听见导演的话，仍坐在舞台中间的小桌旁。）

导演 （对女主角）这场有你的戏吗？

女主角 我吗？没有呀。

导演 （恼火）天哪，那你能坐到别处去吗？（女主角忙站起身，走到舞台旁的椅子上坐下。）

导演 （对提词员）正式开始！

提词员 （读剧本）"在莱奥·加拉的家里。这是一间同时具有餐厅和书房功能的奇怪房间。"

导演 （向舞台监督）这一场的房间用红色来布置。

舞台监督 （记在记事本上）红色。好的！

提词员 （继续朗读剧本）"房间里一张长餐桌上摆着饭菜，一张书桌上堆满书和纸；还有几个书架和一个装着餐具的橱柜。正门在右边，后门是通向莱奥的卧室的，左边的侧门则通往厨房。"

导演 （站起身指挥着）大家都听着！那边是正门，从这边是可以通向厨房的。（转身向扮演苏格拉底的演员）你演出时要从这边进入，从那边下场，一定记住了！（向舞台监督）后面要用幕布作为界限，当作是房间的门。（又坐下）

舞台监督 （记下）好的。

提词员 （继续读剧本）"第一场。莱奥·加拉，吉多·维纳斯，菲利普，也就是苏格拉底。"（向导演）人物动作的那部分词要念吗？

导演 念！念！我已经跟你说过无数次了。

提词员 （继续读剧本）"幕布拉开时，戴着厨师帽、系着围裙的加拉

8

正用木汤匙将一个鸡蛋打碎在锅里。菲利普也同样穿着一身厨师服在打着鸡蛋。吉多·维纳斯则安静地坐在一旁听他们谈话。"

男主角 （向导演）导演，打断一下，我能不带厨师帽吗？

导演 （不高兴）当然不行，要按剧本里说的那样做。（手指着剧本）

男主角 但是这样很可笑！

导演 （生气，跳起来）可笑！可笑吗？你要我怎么办，法国那边没有好剧本，我迫于无奈才拿皮兰德娄的剧本来排练。他的剧本向来就晦涩难懂，没人看得懂他的剧本，演员、剧作家、观众，统统都看不懂，他这是存心让人难堪！（演员们笑起来，导演走向男主角）这个厨师帽子你必须得戴上，这是没办法的事。另外，你在表演打鸡蛋的时候还要注意，不仅要演出打鸡蛋的这个动作，还要想想剧本里更深层的含义，你就好比这个鸡蛋的壳。（演员们哄堂大笑起来）安静！我在说戏呢，别吵！（向男主角）在这个戏剧里，你代表的是理智，你太太代表的是本能。就像这个蛋壳，里面没有东西来填充它，它就是个空壳；那么同样的，如果理智没有本能来充实，那理智也是虚无的。你要好好地琢磨一下这个角色，在扮演时要把自己变成自我意识的傀儡，任由它的操纵。明白吗？

男主角 （耸耸肩，摊开手，表示无奈）对不起，不明白。

导演 （回到原位）我也不明白，但我们也得继续演下去，相信最终的表演效果会好的。（以讨好的口气）你应该多揣摩一下，多下点功夫，否则用这样晦涩难懂的台词，表演又吸引不了观众的话，那咱们这戏就彻底演砸了。（又拍手）重新开始，来吧，快点！

提词员 对不起，导演，我能进我的包厢去吗？这里风太大了。

导演 行，进去吧。

（这时，剧院看门人走了进来。他头戴一顶装饰着飘带的帽子，走过通道来到舞台前面，向导演通报有六个角色来排练了。那六个角色远远地跟了进来，正迷茫不安地打量着剧院里的一切。

（在演出这个戏剧时，为了达到舞台效果，应尽量避免这六个角色和剧院演员们的站位混淆在一起。所以当这六个角色上场时，导演要把这两部分人安排在不同的位置，再辅以不同颜色的灯光照明，这样让观众更容易区分人物，并且能更好地参透剧情的发展。除此之外，在这里也可以采用另一种方法——让六个角色都戴上面具。面具必须露出眼睛、鼻子和嘴，制作面具时注意采用轻薄的材料，防止演员们用它表演时流汗变形。这六个角色并非幽灵，而是需要塑造成真实的戏剧人物形象，他们代表着既定的含义，因此使用面具的表演要比演员们不确定的表演更加真实，表现更加稳定。这些面具对突显人物身上的特点十分有帮助，可以起到强化角色的艺术造型的作用，每一个角色将自始至终地呈现出他们不同的感情特点。比如说，父亲的感情特点是懊悔，继女的感情特点是仇恨，儿子的感情特点是傲慢，母亲的感情特点则是悲伤。母亲的面具在眼部和面部都可以粘上一些蜡制的眼泪，以突出她悲伤的形象，就像教堂里表情悲伤的圣母。他们的衣服布料和款式也应该特殊制作，不能像是在外面的商场中所能买到的，而是要由裁缝店专门定制。服装不需要多么华丽，但一定要整齐而又笔挺。

（父亲大约五十岁，头发略有些稀少，但还没到秃顶的程度。红润的嘴边长满浓密的胡须，脸上总是带着一种空洞又自以为是的微笑。他有着苍白的皮肤，宽阔的前额，一双锐利而明亮的蓝色圆眼睛。

穿着一件深色的上衣和一条浅色的裤子，言谈举止时而粗暴冷漠，时而温柔和蔼。

（母亲看上去像是长期在羞辱和自卑的心理重压下生活着，显得畏缩而怯懦。她穿着一身简朴的黑衣服，蒙着寡妇所带的黑面纱。面纱下是一张面无表情的脸孔，脸色是蜡黄的，眼睛始终是下垂着的。

（继女，十八岁，性格冒冒失失，言谈举止有些傲慢无礼。长得很漂亮，外表有一种清新的雅致，同样也穿着黑孝服。她看不起她弟弟——十四岁，也穿着黑孝服——胆小懦弱的样子，但对她的妹妹——约四岁，身着白色衣服，腰上系着一条黑丝带——却格外温柔怜爱。

（儿子，二十二岁，个子很高。他对父亲总是冷嘲热讽，态度轻慢，对母亲则是漠然不加理睬。他身穿一件淡紫色外套，系着一条绿色长围巾。）

舞台看门人　（将帽子摘下，拿在手里，表示尊敬）打扰一下，先生……

导演　（语气很不耐烦地回答）什么事？

舞台看门人　（怯怯地）这几个人想要见您。（导演和演员们都有些吃惊，转身看向进来的六个人。）

导演　（恼怒）没看见我在排练吗？你也知道我在排练时是不喜欢别人来打扰的。（又转向这六个角色）你们从哪里来的？有什么事吗？

父亲　（向前走几步，稍稍靠近舞台，其他的人也跟着向前走几步）我们是来这里找一个编剧的。

导演　（生气中带着吃惊）一个编剧？哪个编剧？

父亲　先生，任何一个编剧哪怕没点儿名气的都可以的。

导演　我们根本就没在排新戏，我上哪儿去给你找编剧呀。

继女 （兴奋地跑上台阶）这样更好啦！先生，我们可以给你带来新的剧本、新的故事。

某演员 （在其他演员的嘲笑和嘈杂声中）哎哟，大家快听哪。

父亲 （跟随着继女走上舞台）她说得没错，可惜这里没有编剧。（向导演）或许您会愿意当这个编剧……（母亲拉着小男孩和小女孩的手走上舞台的几级楼梯后停住，安静地等候着。儿子不耐烦地看着他们，仍留在原地。）

导演 各位不要开玩笑了。

父亲 我们没有开玩笑，先生！恰恰相反，我们会给您带来一个具有曲折离奇、情感纠结的极好的剧本。

继女 是的，您就等着靠它赚钱吧。

导演 拜托你们不要再打扰我们排戏了，跟一帮疯子讲废话只会耽误我们的时间。

父亲 （失望不已，仍稳住情绪）唉，先生，我想您一定知道，人生本身就充满无数荒唐，这些荒唐肆无忌惮地存在着，它们完全不需要那真实的外表，因为它们本身就是真实的。

导演 完全不知道你在说些什么混账话。

父亲 我的意思是，所有违反常规的事情都被称作疯狂，但是疯狂可以让那些想象出来的东西具有合理的要素，它们将会和真实的事情没什么区别。请原谅我直率的提醒，如果这也被叫作是疯子，但是它可是你们这种职业中唯一的真实。（演员们愤愤不平地躁动起来。）

导演 （站起身来打量着他）难道你是这样认为的？在您的眼里，我们的职业和疯子干的工作一样，是吗？

父亲 嗯，把假的事物演成真的，这毫无必要，完全是为了娱乐观众而已。你们的工作就是在舞台上赋予虚构的剧中人物以生命，难道不对吗？

导演 （马上代表演员们表示愤慨）先生，让我明明白白地告诉你，演员的职业绝对是高尚的。虽然现在的这些新涌现出的剧作家们只给我们写出了一些狗血的剧本，让我们演一些呆若木鸡而不是鲜活的人物角色，但我们却觉得骄傲，因为我们在舞台上也曾经给那些不朽的优秀艺术作品以生命！（演员们鼓掌，对导演的话表示十分的满意与赞同。）

父亲 （情急，抢白）没错，您说得太对了。你们创造出来的角色，比那些呼吸着空气、穿着衣服的人更有生命力。也许那些角色并不那么现实，然而却更具有真实性。您的说法和我不谋而合。
（演员惊讶不已，面面相觑。）

导演 怎么回事？你之前不是说……

父亲 请别误会。那些话说出来，只是因为您说没有时间和疯子废话，所以我想让您了解，也是您最懂得的事情，那就是大自然在依靠我们人类的想象来造就无与伦比的创造力。

导演 没错，没错。你究竟想要表达什么意思呢？

父亲 先生，我只是想要让您明白，生命的诞生是千姿百态的，就像树木、石头、流水、蝴蝶，甚至是女人，这一切，都可能成为剧中的角色。

导演 （故作惊讶并加以讽刺语气）照你的说法，你和这些一起来的人都是已经诞生的剧中角色了？

父亲 没错，就像您所看到的，我们还是活生生的人！（导演和演员们哄堂大笑。)

父亲 （哀伤地）我对你们这样的嘲笑深感遗憾，我再说明一次，我们这次给你们带来了一个内容曲折的剧本，你们从这位蒙着黑面纱的女人身上就可以猜测出来。

(他一边说，一边将母亲领上台阶，面上带着一种悲伤而庄重的神色，将她带到舞台的另一侧。瞬间，舞台上亮起一种如梦如幻的灯光，照射在他们身上。小女孩和小男孩跟随着母亲。儿子和他们保持着距离，站在舞台侧后方。继女也远远地站在舞台一角。演员们开始时惊呆了，之后像是欣赏到了他们所演的一出戏，充满赞叹地鼓起掌来)。

导演 （起初惊讶不已，接着愤怒起来）喂，够了，安静！（向角色们）你们快走，从这出去！（向舞台监督）天哪，快把他们轰走！

舞台监督 （上前，然后停住，仿佛有一种奇怪的情绪阻止他向前）快出去，快出去！

父亲 （向导演）请不要这样，请您听我说，我们……

导演 （大叫）你是想说，我们想找份工作！

男主角 别再开这种玩笑了。

父亲 （坚持走上前）你们的多疑太让我惊讶了。编剧们所创造的角色一直活跃在舞台上，难道你们不是习惯了吗？也许在那里（指向提词员的座位）我们只是缺一个剧本吧？

继女 （向导演走过去，搔首弄姿地）请相信我，我们这六个角色是非常有趣的，只是我们现在无家可归。

父亲 （推开她）是的，"无家可归"，您说得太对了！（向导演）可以说是那位创造了我们的编剧无能或是不愿把我们编织进戏剧的艺术世界中。先生，您不认为这是一个罪过吗？因为某个人幸运地变成了剧中的角色，那他就能够嘲笑死神。他是永远不死的。人、剧作家，即使作为角色的创造者，他们也都是会死的，而角色却是不朽的。这样，不需要天赋异禀，也不需要有奇迹出现，他就可以得以永恒。像桑丘·潘萨①，像唐阿彭迪奥②，他们都得到了永生，因为就像具有生殖力的细胞找到能孕育的地方一样，他们幸运地找到了孕育和滋养幻想的地方，才让他们永久地活下来。

导演 话说得没错。但你们到底想来这里做什么？

父亲 先生，我们要活着。

导演 （讽刺地）是不朽吗？

父亲 不，先生，我是想可以在你身上生存一段时间。

某演员 哈哈！快听听，听听这话！

女主角 他们想借助我们复活！

男青年演员 （手指继女）如果和她在一起，我倒是不反对。

父亲 请听我说，请听我说！剧本还没有完工。（向导演）如果您和您的演员们同意，我们协同作战，相信可以马上完成。

男主角 （烦躁）您是要做协奏曲吗？我们这里不开音乐会。我们只演戏剧。

父亲 是的，正因为这个我们才来找您。

导演 哪里有剧本？

父亲 剧本就在我们身上！（演员们大笑起来）我们就是剧本，剧本

---

①西班牙小说家塞万提斯所著《堂吉诃德》中主角堂吉诃德的随从。
②意大利文学家亚历山德罗·曼佐尼的小说《约婚夫妇》中胆小怕事的牧师。

就在我们身上。我们迫切地想要把戏表演出来，这让我们的内心激情澎湃。

继女 （带着高傲的媚态，讥讽地说）还有我的热情啊，先生，您知道吗？我的热情是给他的。（指着父亲，做出拥抱的姿势，然后尖声笑起来。）

父亲 （怒气冲冲）请你自重！不要再这样笑了。

继女 不笑吗？各位请看这里，虽然我的父亲过世才两个月，我现在将为你献上一段歌舞。（她唱起《小心朱钦州》①，带着恶作剧的心态，边唱边跳。）

（演员们像是受到魔力的吸引纷纷走向她，尤其是那些年轻的演员，伸手作势去拥抱她。她舞步一滑逃开了。导演的抗议、演员们的鼓掌，她都置之不理。）

男女演员 （鼓掌）好！真棒！

导演 （愤怒）别吵了！你们把这里当歌舞厅吗？（惶恐地把父亲拉到一旁）你跟我说实话，她是疯子吗？

父亲 疯子？不是，但是比疯子更糟。

继女 （立即跑向导演）是的，比这更糟。快让我演戏给你们看吧，到时候您将看到我离开，还有这个小宝宝……（将小女孩从母亲那边带到导演前）她很可爱吧？（把小女孩抱起，亲吻她）亲爱的乖乖！乖宝宝！（重新放下小女孩，接着往下说）是的，当这个小宝贝突然被上帝从母亲身边抢走时，这个笨蛋（野蛮地抓住男孩的袖子，将他拉向前）在他做出最蠢、最笨的事情时（又把

---

①这首歌曲1917年由达维·斯汤贝尔所作，弗兰西斯·萨拉贝特将其改编成狐步舞曲。

他拉回母亲身边），您将看到我从此远离。没错，我就会离开。我真盼望这一刻的到来。在他和我（用凌厉的眼神看向父亲）发生了过分亲热的举止之后，我就无法留在这里了，不再看着母亲为这个笨蛋（指儿子）操心了。看看他这副冷漠无情的样子，只因为他是合法的儿子。他看不起我，看不起他（指小男孩），也看不起这个小家伙（指小女孩）；就因为我们是野孩子，您明白了吗？我们是野孩子。（走到母亲身边并拥抱她）这个可怜的母亲是我们几个的亲生母亲，他却不愿承认自己的亲生母亲，他只认为她是我们这三个野孩子的母亲。无耻的家伙！（她带着激动不已的情绪一口气说出这些话，说到"野孩子"三个字时提高声音，最后"无耻的家伙"几乎是咬牙切齿地说出来的。）

母亲　（痛苦不已地向导演）看在这两个孩子的分上，我求您……（感到头昏眼花，身体不支）天哪！

父亲　（急忙扶住她，演员们都惊呆了）快拿椅子来，让这个可怜的寡妇坐下。

演员们　（冲过来）她真的晕倒了吗？真的吗？

导演　快拿椅子来。

（其中一个演员拿来椅子，关切地围在母亲身边。母亲坐在椅子上，努力阻止父亲掀开她的黑面纱。）

父亲　（向导演）您看看她的脸，看一眼吧！

母亲　不要，别，不要揭开我的面纱！

父亲　让大家看看你吧！（伸手揭去她的面纱。）

母亲　（站起来，用双手盖住脸，痛苦地）先生，快阻止这个人的诡计吧，这太可怕了。

导演 （莫名其妙）我完全看不懂，这是怎么回事？（向父亲）这个人是你的太太吗？

父亲 （马上回答）没错，她千真万确是我妻子。

导演 既然您还活着，她又是为什么会变成寡妇的呢？（演员们很惊讶，而后大笑起来。）

父亲 （伤心并愤恨地）别笑了，拜托你们别再这样笑了！这个女人的故事就在这里：她还有另一个男人，他本来也应该来到这里的。

母亲 （喊起来）不是的！不是的！

继女 他已经在两个月以前死了，算他走运，我已经对您说过了。您看，我们还在为他穿着孝服呢。

父亲 他之所以不来，不仅仅是因为他死了，还有其他的原因，你们再仔细看看她就能明白了。关于她的戏并非三角恋，在她心里没有爱情的存在，只有那么一丝丝的感激之情，当然这也不是对我的，而是对死去的那个男人。她在这里只是一个母亲，而不是一个女人。所以她的戏——很出彩，是相当出彩，我能保证！——她出彩的地方全在两个男人跟她生下的四个孩子身上。

母亲 两个男人吗？你还有脸说我有两个男人！这些都是他造的孽。他逼着我跟那个人，逼我不得不和那个人一起离家出走。

继女 （愤怒地打断）这不是事实！

母亲 （惊愕）你说这不是真实的？

继女 这不是真的，不是。

母亲 你难道知道什么吗？

继女 她说谎。（向导演）您别相信她。您知道她这样说的理由吗？是为了他（指儿子）。他的冷漠让她非常痛苦，伤心不已；她在儿子两岁的时候弃他而去，现在想让他相信是被他（指父亲）所逼才不得不如此。

母亲 （激动）我确实是被他逼的，千真万确，老天可以做证。（向导演）到底是不是真的，您可以问他（指父亲）。让他说出来！她（指女儿）什么也不可能知道。

继女 我知道的。我父亲在世时，你们生活得很幸福美满。这你是不能否认的！

母亲 是的，我承认……

继女 他始终很爱你，对你也体贴入微。（愤怒地向男孩）这话没说错吧？你快回答呀！为什么不回答，你这个傻瓜。

母亲 别再逼他。我并非要伤害你的父亲，你为什么要让别人把我看作是无情无义的人呢，我的女儿？我想让他（指父亲）知道，我抛弃那个家和我的儿子，绝不是为了让自己享乐，这一切都不是我的过错。

父亲 是的，她说得不错。这一切都是我造成的。（沉默）

男主角 （向身边的演员）这真是一场奇怪的戏。

女主角 我们现在是观众，他们正演着呢。

男青年演员 难得的一次呀，感觉真棒！

导演 （产生兴趣）接着说，接着说吧！（他边说边走下舞台，仿佛以一个观众的角度来欣赏这场戏。）

儿子 （站在原地，讥讽地）看呀，你们现在就要听他发表演说，大谈哲学了。他接下来还会讲到"实验狂热"呢。

19

父亲 你就是个无情无义的蠢蛋！这是我一直以来对你的评价。（向身处观众席的导演）他之所以笑我，是因为他认为这是我用来开脱的借口。

儿子 （不屑地）借口！

父亲 借口！都是借口，我们总会碰到一些我们不能解释和面对的事情，这些事令我们痛苦不堪，如果我们能找到一个理由，即使那个理由没有什么意义，但至少可以让我们不再那么痛苦，让我们心里能舒服一些。

继女 也可以用来缓解一下我们的悔恨，尤其是一些无法面对的事情。

父亲 悔恨？不，不是的。悔恨是无法用语言来缓解的。

继女 没错，你是用钱来摆平的，是的，是的，用钱！大家听听，他计划用一百里①拉收买我。（演员们表现出厌恶和反感。）

儿子 （生气地向继女）简直是胡说。

继女 胡说？钱被装在一个浅蓝色信封里，而这个信封就在帕奇夫人的店铺后屋里放着。知道帕奇夫人是什么人吗？一个以卖衣服为名来拉皮条的女人，专门引诱良家妇女上钩。

儿子 他给你一百里拉，然后让你来控制我们吗？事情虽然是这样，但你应该清楚，幸好他不是一定这样做。

继女 呵呵，我们可是在那种地方待过的，你懂吗？（她哈哈大笑）

母亲 （站起来阻止）丢脸呀，女儿，这太丢脸了！

继女 （反驳）丢脸吗？没错，我这样做就是为了报复！我现在真想马上演出这场戏。在那个屋子里……这边是挂大衣的柜子，那边是沙发床、试衣镜、屏风；窗前的小木桌上就放着那个淡蓝

---

①意大利的货币单位，现已被欧元取代。

20

色信封，里面装着一百里拉，我本来可以拿着。但是这时候大家应该回避一下，因为我是一丝不挂的。但我不该觉得羞愧，该羞愧的人是他（指父亲）。但我要描述给你们听，他当时脸色非常不好，苍白极了。（转向导演）请您相信我。

导演 我现在完全不明白了。

父亲 您当然会不明白。先生，请您维持一下秩序吧，让我先说。她现在怒气冲冲地想要把责任都推在我头上。

继女 你想编故事吗？

父亲 我只是想解释清楚。

继女 说吧，说你的解释。（导演此时回到舞台上去协调。）

父亲 矛盾产生的原因就在我们的说话上。我们每个人都有一个心理世界，自己的心理世界，没错。我用我的话把心中对于一件事的看法表达出来，而听到这些话的人却按自己的意愿来理解它，试想这样我们如何能互相了解对方，也许我们以为彼此已经非常了解，但实际上根本没有。比如说，我对这个女人（指母亲）的同情，却被她看成了冷漠无情。

母亲 难道不是你把我从家里赶了出去？

父亲 快听听！她一直认为是我把她赶出家门的。

母亲 你能言善辩，我不会！（转向导演）但是先生，您一定要相信我，他娶了我以后……知道他为什么娶我吗？只有天知道，我家里很穷，出身不好，没抱什么奢望……

父亲 正因为你出身贫穷，性格温柔才娶你的啊。我喜欢上你，相信……（他见她摇头不信，便停了下来；他知道她无法认同，摊开手表示绝望，转向导演）您看看，她不承认。这太让我伤心了，先生，真伤人心啊！她是麻木的，完全是心理上的麻木，她其实有着丰富的感情，是的，那是对她的孩子们；可是她的头脑却很迟钝，迟钝到了无药可救的地步。

继女 （向导演）您请他说说，他既然那么聪明机灵，又给我们带来过什么好处？

父亲 谁能想到好心得不到好报啊。

　　（这时，女主角不满男主角与继女互相调情，走上前问导演。）

女主角 导演，对不起，还要排戏吗？

导演 当然要了，但让我再看一会儿吧。

男青年演员 这事太稀奇了。

女青年演员 很有趣啊！

女主角 没错，对于那些喜欢此事的人来说是很有趣的。（斜眼看了一下男主角。）

导演 （向父亲）请你接着仔细说清楚。（坐下）

父亲 我接着说。从前我雇了一个穷小子做我的属下，他忠厚老实，对她（指母亲）非常了解。他们虽然很合拍，但却没有搞什么暧昧，的确没有，他们知道自己不能这样。他们都是比较正统的老实人，所以都没有往这方面想。

继女 所以你替他们想了，安排他们做了。

父亲 不是的。我希望他们幸福一点——当然，这也是为了我自己。我不想否认，后来事情到了这样的地步：我每次说话，他们都要交换一下眼神。他们用眼神来商量怎样弄明白我的话而让我不发火。您应该了解，这样反而更让我生气，简直让我愤怒不已。

导演 对不起，你的秘书，你为什么不辞退他呢？

父亲 您说得没错，而我当时正是这样做的，可是，您知道吗？我辞退他以后，这个女人就开始在家里失魂落魄，就像被人收留的流浪的畜生一样，六神无主。

母亲 不是的，那是因为……

父亲 （立即转向母亲）是因为你的儿子，对吧？

母亲 是的，是因为你抢走了我的儿子。

父亲 这并不是为了报复你。我为了让他在乡下长得更结实健壮一些。

继女 （指着儿子讥讽）看看他现在的结果吧！

父亲 （马上）什么意思？他今天变成这样，难道是我的错吗？我替他在乡下找了一个农妇做奶妈。因为她（指母亲）的身体不是很好，虽然她家里贫穷，却比较娇贵。我说过，或许我因此而娶了她。我一直很喜欢这种道德品质健全的人。（这时继女突然大笑起来）天哪，导演，请您快叫她停下来，真让人受不了！

导演 别笑了，天哪，我没法听清楚了。（当听到导演的训斥，她猛然停止大笑，退到一旁。导演又回到观众席看舞台效果。）

父亲 我那时真不想和这个女人（指母亲）生活下去，一刻也不想，并非因为讨厌她，而是因为烦恼——这种烦恼让我身体也开始不舒服，这些烦恼和痛苦都因她而起。

母亲 所以他就把我赶出家门。

父亲 我让她从我这里解脱了，让她和那个男人在一起。

母亲 这样他也让自己解脱了。

父亲 这一点我承认，我也解脱了。却没想到这样会惹出了大祸。我的出发点绝对是好的，这一点我可以发誓，为她考虑的部分比为我自己考虑的还要多。（他双手抱胸，然后突然转向母亲）在那个人把你带走之前，我一直在默默地关心着你。他也发现了这一点，不过他愚蠢地误会了我，我这样做是完全没有恶意的。我只是单纯地关心她成立起来的新家庭，这一点她（指继女）都可以做证。

继女　是的，是这样的。我小的时候，辫子垂到肩膀上，裤子穿得比裙子还长的时候，我经常看见他在我们学校门口徘徊，他是来等我的。

父亲　这是件荒唐的事。

继女　不是的，为什么？

父亲　是的，很荒唐！有点见不得光！（马上，他又激动地向导演说明）她虽然是我的负担，但她毕竟让我的家不那么空荡。她（指母亲）离开我后，家里便突然安静了下来。我完全没有头绪地在家里晃来晃去，孤独又寂寞。当时他（指儿子）也不在我身边。后来他回到我身边时，好像变了一个人。失去母亲的他，自己孤独地长大了，并且跟我也没有思想和情感的沟通。接着，我开始对她的新家庭——这个我一手促成的新家庭，产生了好奇心。虽然这说起来很奇怪，但我确实是因为好奇。对她和她新家庭的挂念让我不再空虚寂寞。我想她应该生活得很平静，整天忙于家务，因为她已经远离了我带给她的痛苦。为了亲眼看到这些，我便常去学校等这孩子。

继女　是的。放学回家的时候他跟着我，对我微笑，当我快到家门口时，他跟我挥手告别。我当时不认识他，只是奇怪地瞪大眼睛望着他。我把这事告诉了母亲，她马上就猜了出来。（母亲点头表示同意）刚开始几天她不让我去上学，后来我再去上学时，又看到他站在校门口。——这太可笑了！他拿着一个咖啡色的纸袋。他向我走过来，轻轻抚摸着我，然后从纸袋里拿出一个镶着一圈玫瑰花的草帽，是送给我的！

导演 这就是篇小说，只是有点太零乱了！

儿子 （轻蔑地）是的，在编故事！

父亲 编故事？这是生活，这是真实的生活，是痛苦的经历！

导演 或许是这样的，但这没法排成戏剧！

父亲 我同意您说的。这只是这个剧的楔子，正剧还没有开始呢。相信您现在也能看出来，她（指继女）不再是那个肩膀上垂着辫子的小女孩了……

继女 是的，也不是裤子穿得比裙子还长的小女孩了。

父亲 戏马上就要上演了，先生。既新鲜又吸引人。

继女 （悲伤地走向前）我父亲去世之后一切都不一样了……

父亲 （抢前，打断继女的话）他们的日子过得穷困起来。再回到这里的时候，也没有告诉我。她（指母亲）真是愚蠢！自己虽然写不了几个字，但她可以叫她女儿或儿子写信给我找我帮忙呀。

母亲 （向导演）先生，我怎么可能会料到他会帮我呢？

父亲 这也是你常犯错的原因，你永远也不了解我。

母亲 我们分开了那么多年，发生了那么多事……

父亲 那个家伙让你离家出走，也是我的错吗？（向导演）当时发生得太突然了。当他离开这里去了别的城市后，我就失去了他们的联系，久而久之，我也渐渐地忘了他们。但当他们又返回到这里，便意外地发生了许多事。天哪，当我被依旧存在的肉欲所控制……唉，这对一个孤独寂寞而又不愿干不道德事情的人来说，是十分痛苦的啊！年纪没有大到可以离开女人；又没有年轻到可以毫不顾忌地去找一个女人。糟糕吧。比这更糟的还有呢，简直到了恐怖的地步，因为没有女人肯再爱他。这样的处境，在人前，我们都人模人样，然而在人后，心里却有着不可告人的秘密。屈从于自己的欲望，在放纵后又要摆出道貌岸然的样子，这就好像给自己立了一个牌坊，来掩盖身上的污点。世上的人大抵如此，只是没有勇气说出来罢了。

继女　全都没有敢做敢当的勇气。

父亲　没错，全是背着人做的。所以，在人前说出来很不容易。一旦把这些公之于众，人们就开始指指点点，认为这个人轻浮放纵。其实他们这样根本是不对的。这个说出来的人跟别人并没什么区别，或许他的表现还更好一些，因为他勇于直面人类的兽性，他能用理智的心态来坦承这些羞于启齿的事情。比如说女人，她们又做了些什么呢？她用渴望的姿态来诱惑着你，当你要抱住她的时候，而这时还没有真正抱住她时，她马上闭着眼睛。这其实是得到了她的允许，她好像在告诉男人："快闭上眼吧，因为我已经看不见了。"

继女　但有时候她也睁开眼来，在她觉得没有必要隐藏自己耻辱的时候，她要用冷漠无情的眼神去看一看那还要隐藏自己耻辱的男人。啊！费尽心机总结出来的哲学真让人受不了，它揭开了人类的兽性，又想尽办法去拯救它，安抚它……真让人难以忍受，当一个人将其成人的一切都抛弃，抛弃美好的梦想，抛弃纯真的感情，抛弃一切理想、道德、节操，生活中只剩下"兽性"时，那他所谓的悔悟简直就是恶心至极，全都是假惺惺的！

导演 这些都是后话了，我们还是说事情的经过吧。

父亲 是的。但事情的经过就好像一个布袋，没有东西的时候是立不起来的。要让它饱满起来，你就得在里面装上让这些事情得以进行的想法和感情。我没有想到他们会在那个男人死了以后回来，而她（指母亲）会为了养活孩子们而出来工作，更没有想到她会去帕奇夫人的店铺。

继女 帕奇夫人是个高级服装设计师，人们以为她在给那些上流社会的女人们设计衣服，其实她是在想尽办法利用这些漂亮女人……对那些普通出身的女人更是如此。

母亲 先生，请您相信我，我完全没有料到，那个老妖婆让我去她那里工作，是为了打我女儿的主意。

继女 可怜的妈妈！先生，那时我母亲做完活儿，我负责送过去，您知道那个女人做了什么吗？她故意挑刺，故意把衣服撕破，然后又让我母亲去返工，还要克扣工钱。我母亲夜以继日地赶工，以为是在养活全家人，可实际上却是我在付出，是我在养活那两个孩子。

（演员们愤愤不平，为之叹息。）

导演 （接着问）所以你这样就碰见了……

继女 （指父亲）是的，我碰到了他，没错。先生，他是那里的熟客。现在好戏就要开场了！精彩绝伦的好戏！

父亲 后来，她的母亲突然出现了……

继女 （狡黠地）几乎是凑巧赶上。

父亲 （大喊）不！不是的！幸亏我把她认出来了。后来我把他们都带回了家。你可以想象，先生，从那以后我和她有多尴尬；她就是现在这种架势，而我呢，简直无法抬眼看她。

继女 真好笑，经历过这种事情的我，还能装出一副家教良好、纯洁贤淑、符合他那"道德品质健全"的小姐吗？

父亲 对于我来说，这出戏的悲剧就在于这里，仅仅这一件事上。我们通常都以为每个人身上的"人格"只有一种，实际上并非这样；人生让我们表现出种种可能的性格，所以"人格"也不是只有一种。在这件事情上我们表现出来的是这样，在另一件事情上又有所不同，所以就会呈现出两种截然不同的"人格"来。我们常常通过一件事情，甚至一个细节来判定一个人，这完全是一种错误的推测。如果当我们不幸做出了那么一件糊涂事，便更能体会到这个道理，当我们做那件事时，并没有将完整的人格体现出来，但假若人们只以这件事来认定我们、批判我们，好像这就是我们的全部，这一辈子也无法摆脱的时候，您难道觉得这公平吗？现在你们了解这个女孩是怀着怎样的歹意了吧？就因为在一个不合适的时机、不合适的场所，她遇见了我，却要用这件我一生中为最羞耻的事情来评价我，这只是一件在很短暂的时间里发生的事啊！这就是我最大的体会。先生，这场戏的价值就在这里，你们接下来就可以看见了。另外还有别人的遭遇，比如他（指儿子）……

儿子 （高傲地耸耸肩）不要说我，这跟我有什么关系？

父亲 难道跟你无关吗？

儿子 这事跟我无关，别扯上我，你要清楚，我不可能成为你们中的一员。

继女 没错，我们都是下贱的人，只有你是高贵的！但是先生，您看出来了吗？我每次瞪着他的时候，他总是不敢看我，他的眼睛只看着地，因为他明白他对不起我。

儿子 （不看她）说我吗？

继女 没错，是你，就是你！都是因为你，我才流落街头，无家可归。（演员们表现出厌恶之色。）你一直用冷冰冰的态度对待我们，不要说家人的温暖，你连基本的表面上的客气都没有。你认为是我们打扰到你了，我们是你那"合法"家庭的入侵者。先生，希望您看看我和他相处的那几场戏吧。他指责我盛气凌人，实际上我都是因为他那冷漠的态度才说出被他认为是"卑劣无耻"的事情的，这才使得我和我母亲——也是他的母亲，来到这个家主持家务。

儿子 （慢慢向前走）他们联合在一起欺负我，先生，您看出来了吧？三对一，他们赢定了。请你们站在我的角度想一下，我乖乖地待在家里，有我正常的生活，忽然来了一个举止粗鲁的女孩气势汹汹地来找我父亲，我完全不明白发生了什么事。不久之后，她还是那副凶巴巴的样子，又带来了这个小女孩。她对我父亲既暧昧又冷漠，找我父亲要钱也是理直气壮的，好像这是她应得的……

父亲 但是我对你母亲的确有这个义务，确实是有的。

儿子 这些事我又如何知道？（向导演）我既没有看见也没有听说过她。突然有一天看到她带着她（指继女）和这个小男孩、小女孩来到我家里。这时，他们对我说："这也是你的母亲，知道吗？"从她（指继女）这一系列的行为，我猜出了他们的目的。我无法形容我的感受和所经历的事，我也不愿意说出来。我自己在心里都不愿意承认这一切，何况对别人。所以，您知道吗，我对这件事不会搭理的。先生，用戏剧里的话说，我就是"不上台"的角色，我也受不了跟他们混在一起。和他们在一起，我感到特难受。请您让我离开吧。

父亲 什么意思？完全是因为你这样才……

儿子 （愤怒）我又怎么啦？你知道我什么？你关心过我吗？

父亲 我承认！我承认！但这不就是一个情节嘛。你对我，还有你的母亲，怎么能那么的冷酷无情啊。她回来第一次看到已经长大成人的你，虽然认不出你的样子，但她心里却知道你就是她的儿子……（指着母亲，向导演）看看吧，她哭了！

继女 （气愤地跺脚）真是笨蛋啊！

父亲 （指着继女对导演说）您知道的，她和他水火不容。（又指儿子）他说这事情跟他无关，实际上他才是整个戏剧的关键角色。再看这个小男孩，总是怀着恐惧和不安寸步不离他的母亲。这全都是他（指儿子）引起的。这个小男孩的情况也许是最可怜的。他比任何人都更孤单，被人出于好心地带到这个家来，这样却让他感到羞耻和苦闷。（自言自语似的）他真像他的父亲，沉默又胆小。

导演 我们去掉这个角色吧。孩子们在舞台上会感到有所拘束的。

父亲 他在舞台上待的时间不会太长。这个小女孩也是，不会待太久，她将会最先下台。（接着说）这个戏的结局是这样的：这位母亲最后再次回到这个家里，她原来的家和后来成立的家合并在了一起，但因为陌生和摩擦，这个家到最后也完了。她在第二个家里生的三个孩子：后来小女孩落水，小儿子以悲惨收场，大女儿离家出走。在这场家庭悲剧中，最后只剩下了我、母亲、儿子三个人。当这三个孩子离开，只剩下第一个家里的三个人时，却很难再彼此亲热起来。我们每个人都是孤独寂寞的，就像他(指儿子)说的那样，我得到了隐藏在心里的那个"魔鬼"的报复。我们总是认为大家都是如此，拼命地掩饰自己的缺点和错误，在别人面前竭力打造一个光鲜的自己，维持着这些假象。但是实际上，我们只能自欺欺人，因为我们每个人都有一个真实的自我，我们应该尊重它，即使它让我们痛苦。

导演 你说得没错，非常有道理。我对这个剧很感兴趣，这些素材一定可以排出一个精彩的戏剧来，绝对是一出好戏。

继女 (想插入谈话)戏里有我这样一个角色，能不是好戏吗?

父亲 (急于想了解导演的想法，把她推开)你别吵!

导演 (陷入思考)没错，真是新鲜有趣……

父亲 是的，很能吸引人!

导演 你们还真够大胆，竟敢跑到舞台上，在我的面前就这样演起来……

父亲 唉……先生，您一定知道，我们天生就是属于这个舞台的……

导演 你们是业余的演员吗?

父亲 不是的，我是说我们天生就是属于这个舞台的。因为……

导演 哼，不可能。你们一定是有演出经验……

父亲 不，先生，不是的。在人的一生中，每个人都只会出演自己的那场戏，自己主演或者和其他人一起出演。其实，我的激情也像其他人一样，一旦点燃，就一定会发生许多戏剧性的事情来。

导演 好，就这样吧，就这样。但现在没有编剧，没有啊……我可以找一个编剧的地址给你……

父亲　不，不，不用。您听我的，您就可以当编剧。

导演　什么？你是指我吗？

父亲　没错，就是您！您为什么不可以呢？

导演　我从来没写过剧本。

父亲　那就从现在开始写吧。这并不难，您一定能写的。您要做的
事不会太复杂，因为我们这些角色都活生生地站在您面前……

导演　好像还不够。

父亲　为什么？刚才我们在您面前已经把戏剧演了出来……

导演　是的，但这总要有人能记录下剧情。

父亲　没关系，不用的。我们在演出时只要有人把每一场记录下来，
再归纳总结成一个纲要就可以了，我们可以用这个来排戏。

导演　（认可父亲的话，又回到舞台）呃，好吧……我被你的话打动
了……就当是做个游戏……咱们可以真的来排一下试试……

父亲　肯定没问题，一部好戏将从此诞生。我现在就来协助您，告
诉您剧情。

导演　我真的是心动了……心动了……让我们试着现在开始……跟
我到办公室来一下吧。（转向演员）大家现在先休息一下吧，
我们马上就回来，你们先不要走开，我们需要十五分钟，最多
二十分钟。（向父亲）让我们试试看吧……或许会真的会有一个
很好的戏剧呢……

父亲　那是当然了。我认为他们（指其他角色）最好也都和我们一起
去，您觉得可以吗？

导演　那好，都一起来吧。（快离开时，突然转身向演员们）请你们不

要迟到，记住，十五分钟。

（导演和六个角色相继下场。演员们一脸困惑地留在台上，感到不可思议。）

男主角　他这是当真了吗？他究竟想要做什么啊？

男青年演员　太离谱了。

第三个演员　这是想要即兴演出吗？

男青年演员　没错，即兴表演！

女主角　难道他以为我会参加这种表演？

女青年演员　是的，我也不参加这种表演。

第四个演员　（指六个角色）谁能告诉我，他们到底是什么人？

第三个演员　大概不是疯子就是骗子吧，还能是什么好人呢？

男青年演员　关键是导演还真的相信了他们。

女青年演员　导演的虚荣心作祟了吧，想要试着当编剧了……

男主角　这太奇怪了。难道戏剧可以变成这样……

第五个演员　这就是个大笑话！

第三个演员　行啦，等着看看他们会耍什么把戏吧。

（演员们边聊边走下舞台，有的从后门走了出去，有的进入化妆室。

（幕布仍然悬着，没有落下，停场二十分钟。

（剧院铃声响起，戏剧将继续排练。

（演员们、舞台监督、布景师、提词员和道具管理员纷纷从化妆室、后门或其他地方回到舞台上。与此同时，六个角色也跟着导演从办公室出来走到舞台上。

（剧院其他地方的灯熄灭，舞台上的灯光依然如上一场。）

导演　好了！各位！都到齐了吗？安静，安静，我们马上开始。（招

呼布景师）

布景师 我在。

导演 舞台要布置出一间客厅的样子。两个侧面的墙壁和一个后面的墙壁，后面墙壁要有一扇门。要快！

（布景师迅速下场去准备，导演和舞台监督、道具管理员、提词员以及演员们谈着戏剧的细节。这一幕用粉红色和金色相间的墙壁背景。）

导演 （向道具管理员）仓库里还有沙发床吗？

道具管理员 有，仓库里还有一张绿色的。

继女 不行，绿色的不行，剧情里的沙发床是黄色的，丝绒印花的，很大，非常舒服！

道具管理员 这样的没有。

导演 不要紧，就用我们仓库里的那张吧。

继女 不要紧吗？

导演 现在我们只是排演，请你不要插手。（向道具管理员）我们有没有橱窗？要又高又窄的那种。

继女 还要一张桃花心木桌子，用来摆放浅蓝色信封的小桌子！

舞台监督 （向导演）有一张描金的小桌子。

导演 行，就用那个吧。

父亲 还需要一面试衣镜。

继女 还需要屏风，得有一个屏风，否则我不好演呢。

舞台监督 好的，小姐。屏风有不少呢，您不用担心。

导演 （向继女）然后还需要一些衣架，用来挂衣服的，没错吧？

继女 没错，要很多！

导演 （对舞台监督）把仓库里的衣架通通拿来吧，有多少拿多少。

舞台监督　没问题，我去仓库看看。

（舞台监督迅速地布置着舞台场景。此时，导演同提词员、六个角色及演员们讨论排演事项。）

导演　（向提词员）你可以准备开始了。拿着吧，这是戏剧大纲，已经分好幕了。（将几张纸递给他）这出戏你需要加入一些特殊的技巧才行。

提词员　您指速记吗？

导演　（喜出望外）是的。你会速记吗？

提词员　可能我提词不是很好，但速记……

导演　（转身向一个舞台工作者）快去我办公室里拿一些纸过来，要很多，越多越好。

（舞台工作者下场，一会儿便拿回来一大叠纸，递给提词员。）

导演　（向提词员）我们接下来表演的内容，你要每一场都速记下来，起码要把重要的情节记清楚。（转向演员们）各位，你们让一让。（向左方）你们都到这边来，要认真看。

女主角　对不起，这是要……

导演　（抢白）别担心，不会让你们即兴表演的。

男主角　那我们要做些什么呢？

导演　什么都不用做。现在你们的重点是听和看。之后你们每个人都会有一份写好的台词。现在我们要全力以赴地排演，他们（指六个角色）来排演。

父亲　（满怀疑问）您这是什么意思？我们排演吗？

导演　没错，你们将戏排演给他们（指演员们）看。

父亲　可是我们自己就是这些角色……

导演 是的，你们的确是这些角色，但是，你要知道，在舞台上表演的不可能是角色，而应该是演员。角色不应该出现在舞台上，而是在剧本中(指提词员的位置)——当然，首先是必须有剧本的存在。

父亲 您说得对，但现在正是因为这些特殊情况，您才看到了我们这些角色……

导演 啊，真有你的！难道你们想让自己出现在观众面前吗？

父亲 是的，我们就是这样想的。

导演 (讥讽地)那可真是一出旷世好戏了！

男主角 那我们留在这干什么呢？

导演 (向六个角色)你们可以演戏？这太好笑了……(演员们大笑起来)看见了吗？他们都不认为你们会演戏。(正色)差点耽误了正事，我现在要开始分配角色了。这很简单！所有的角色都是现成的:(向女配角)你就演"母亲"。(向父亲)你给她取个名字吧。

父亲 她叫阿玛丽亚。

导演 你说的是你妻子的真名吗，戏剧里没必要称呼真名。

父亲 为什么不可以呢？她本来就是这名字……如果是这样，那这位女士(他指女配角)……在我看来，她或许就是阿玛丽亚(指母亲)。好吧,听您的吧……(混乱,不知所措)怎么说才好呢……我好像已经开始……唉！我不清楚……我不知道应该怎么说了，我有点混乱了。

导演 不用发愁，不要紧的。你如果要叫她阿玛丽亚，那她的名字就叫作阿玛丽亚吧。如果你不满意，我们还可以取个别的名字。现在，我们继续来分配角色吧！(向男青年演员)你扮演儿子！(向女主角)你理所当然地扮演继女。

继女 （高兴地）你说什么，说什么？这女人扮演我吗？（大笑起来）

导演 （生气）你又怎么啦？有什么可笑的？

女主角 （非常生气）还没有人笑话过我！如果没有起码的尊重，我就不演了。

继女 不是的，对不起，我并不是在笑话你。

导演 （向继女）你应当感到荣幸，因为你的角色是被……

女主角 （讥讽地抢话）由"这个女人"来扮演。

继女 事实上，我并不是在笑话您。我是说我自己！在您身上，我实在是找不出一点我自己的样子，我的意思是这样。我也不清楚……可能您的确不太像我……

父亲 说得没错。先生，我们身上的气质……

导演 气质！气质！你们是想什么都管吗？

父亲 不是这个意思，我们是想表现出……

导演 不需要，不需要你们来表现什么，你们只负责给我们提供这个戏的原始素材就可以了。演员们会用肢体、形态、表情、声音来表现它。我告诉你，他们都是优秀的专业演员，他们能让很多戏剧大放异彩。你们这个小戏剧如果能上得了台面，能被观众喜欢，这一定也是演员们的功劳吧，这点你一定要相信。

父亲 我不敢和您争辩，但是您这么说就是看不起我们，这让我们难以接受——我们天生就是这样的形状、外貌……

导演 （不耐烦地抢白）这些都可以通过化妆解决！所有关于外形的问题都是化妆的事。

父亲 先撇开这一点。那声音、表情……

导演 别再说了！上帝啊！你没法上舞台，只能通过演员来扮演你，只能这样！

父亲 我明白了。我或许也明白了原来的那位编剧是如何看待我们的，明白他为什么不愿意把剧本写完的原因了。我不是想得罪您的演员，但让我看着别人来扮演我……而且不清楚这个人是谁……

男主角 （高傲地站起身，走过来，后面跟着一群叽叽喳喳开着玩笑的青年女演员）让我来演吧，如果你同意的话。

父亲 （恭顺地，谦卑地）我感到很荣幸，先生。（鞠躬）可是，不管这位先生用什么演技、方法来将我融入他的身上……（停顿，不知道怎么接着说）

男主角 接着说，接着说吧！

（女演员们笑起来。）

父亲 他的表演即便是借助于化妆，想要跟我完全相似是不太可能的，尤其是身材。（演员们笑）再说，除了容貌，他所表演的顶多像他所看到的我那样——假如他真能理解的话——而不是我对于自己的那种理解。这样的话，我想，那些剧评人应该会看到这一点的。

导演 啊！你现在就开始考虑那些剧评人的说辞了吗？他们怎么说我们管不着，我们还是先管管自己排演的事吧，先努力做好这个剧。（环顾四周）赶紧,赶紧！布景弄好了吗？（向男女演员们）别都挤在舞台上，到处乱哄哄的。我来看看！（走下舞台）大家抓紧时间了！（向继女）你觉得这个布景怎么样？

继女 唉，根本没什么符合要求的。

导演 天哪！你该不会想要我们真的搭一间帕奇夫人的店铺吧？（向父亲）你之前说的客厅，墙壁上贴着壁纸吗？

父亲　没错，是白色的。

导演　我们这儿不是纯白色的，有条纹，不过不要紧，只要其他摆设差不多就可以了。请将那小桌子再往前移一点。

（舞台工作员照导演的话移动小桌子。）

导演　（转向剧务）现在要一个信封，你快去找找，要浅蓝色的。找到后给这位先生（指父亲）。

剧务　您是说一个普通的信封吗？

导演和父亲　没错，没错，一个普通的信封就行。

剧务　好的，马上。（剧务走下舞台。）

导演　安静！现在开始排演了！第一场是小姐的戏。（女主角赶过来）不是你，不是的，你再等等。我是指她(指继女)，你先在旁边看着。

继女　（跟着说）看着，看着，看我是怎样表演的！

女主角　（不满地）我也一样能演活这个角色，我保证，只要我一出场，你完全不用担心。

导演　（用手抱住头）就当我求求你们，别再吵了！马上开始，第一场，这位小姐和帕奇夫人上。天哪！（迷茫地环顾四周，又回到舞台上）还缺帕奇夫人，她在哪呢？

父亲　她没有跟我们在一起，先生。

导演　那怎么解决呢？

父亲　她一样是活的，她也是活生生存在的人！

导演　那人呢，人都在哪？

父亲　我来解决吧！（转向女演员们）女士们，请你们把帽子借我用一下吧。

女演员们　（惊诧地带着笑，齐声地）你说什么？

——要帽子吗？

——他想干什么？

——这是什么意思？

——天哪！

导演 你要这些帽子做什么？

（演员们笑起来。）

父亲 不，没什么。只是把它们放在挂衣架上一会儿。（想借用一下大衣）再请哪位好心的女士脱下大衣用一下？

男演员们 （大笑）还用大衣？

——接下来呢？

——他估计是疯了。

女演员们 （大笑）你到底想做什么？

——只是需要大衣吗？

父亲 只是挂一会儿。帮帮忙吧！

（女演员们摘下帽子，有一两个女演员脱下大衣，面带笑容地笑走到挂衣架前，将大衣挂上。）

女演员们 当然可以了！

——都给你了，已经挂上了！

——真好笑啊！

——只是为了摆在这里当样品吗？

父亲 是的，就是为了当样品。

导演 能给我们说明一下为什么这么做吗？

父亲 好的，我解释给您说。如果我们能把舞台布置很漂亮，她就会被这些店铺里的东西所吸引，或许会吸引她自己来到这里……

（让演员们转身看向台后的门）快看呀！快看呀！

（台后的门打开，帕奇夫人走了进来。她是个已经发福的肥胖老太婆，脸上涂满脂粉，穿着一件华丽的红色绸缎面料衣服。像西班牙女郎那样，一朵玫瑰花搭在她那蓬松的假发上。她一手拿一把羽毛扇，另一只手夹着一根香烟。她的出现把演员们吓得想要逃跑，有的尖叫着跑下舞台，拥到通道中。恰恰相反，继女快步走上前迎接她，她恭敬的样子就像是在接待老板。）

继女　（快步走向她）来了！真的来了！

父亲　（高兴地）她真的来了！正是她，我之前说过的。

导演　（先是惊讶，然后生气地）这又是什么伎俩？（和下面四句话几乎一起说出来。）

男主角　这是在干什么？

男青年演员　她这是从天而降吗？

女青年演员　他们肯定是早就有预谋了。

女主角　这是表演变戏法吗？

父亲　（声音压过所有不满的声音）请大家听我说！当奇迹出现的时候，你们为什么一定要用这种诋毁的方式来否认这个舞台的独特魅力呢？她比你们这里的演员都要更加真实，更有权利在这里——谁要扮演帕奇夫人？是的，这位就是帕奇夫人。扮演她的演员，我想，一定不会比她本人——帕奇夫人更真实。你看吧，我的女儿立刻将她认了出来，朝她走了过去。现在我们马上就可以开始这场戏了。

（导演和演员们疑惑地返回舞台上。

（演员们在反对，父亲在解释时，继女和帕奇夫人间的对手戏自然而然地开始。她们开始时用舞台上通常不用的低声说话方式。当父亲指引演员们转过身来看她们时，帕奇夫人正用一只手托住继女的下巴，将她的头抬起，不知所云地说着什么。导演和演员们刚开始聚精会神地观看，但很快就没有了兴趣。）

导演　这是什么？

男主角　她在说什么呢？

女主角　完全听不见啊。

男青年演员　大声点吧！大声点！

继女　（离开神秘微笑着的帕奇夫人，向着演员们这边）要大声吗？是大声吗？你们懂什么？这些是可以大声说出来的事吗？我刚才大声喊叫，是为了报复他（指父亲），羞辱他。可是现在和帕奇夫人说话就不一样了，这不是可以大声嚷嚷的事情。

导演　有没有搞错？用这样语音语调进行表演，观众怎么能听见？我说，两位女士！在剧院里表演时，必须要大声，不仅要用你们的形体，还要用你们的声音来征服观众、感染观众。现在开始，大声说吧，情景可以假设成只有你们两个人的房间，所以不用担心其他人会偷听，即便说些不道德的事也不要紧。来吧！大声说吧！

（继女娇媚而又狡黠地笑了，用手比画着表示不赞同导演的话。）

导演　什么意思？

继女　（假装神秘地小声说）如果她（指帕奇夫人）大声说的话就要被一个人听见了。

导演　（吃惊）难道还有什么角色出来吗？

（演员们吃惊不已，纷纷做出往台下逃跑之状。）

父亲　先生，不是这样的。她是怕我听到，因为我这时应该会在门后等着进来。那么，我现在就进来了。(准备走进舞台场景里的房间。)

导演　(制止他)等一下，等一下！刚才那场还没有过关呢，我们得按表演的要求来。你先等……

继女　(等不及的样子，打断导演的话)别纠结了，快接着演吧，我要赶紧把这一段剧情演出来，马上！立刻！让他快进房间来接着演吧！

导演　(大声嚷嚷起来)急什么，你和这位女士(指帕奇夫人)的这一场还没有弄清楚呢，得一步步来，懂吗？

继女　天哪，您还不明白吗？她跟我说的那些话无非就是威逼利诱：说我母亲的针线活不行，毁了那些布料；如果不想挨饿受穷，就得乖乖听她的话。

帕奇夫人　(带着一种确有其事的表情走过来，阴阳怪气地说)先生，我可不会占她们什么便宜，真的，您可要相信我。

导演　(大吃一惊)她怎么会这样？她怎么是这样说话的？

(演员们哄堂大笑。)

继女　(跟着笑起来)先生，她向来就是这样说话的，把西班牙语和英语糅合在一起说，很可笑，很可笑是吧？

帕奇夫人　你们太失礼了！我已经尽力说英语了，你们不可以再这样嘲笑我。

导演　没问题的，夫人，您就这么说吧，这样带来的戏剧效果估计会更好。这个剧的情节太一本正经了，需要一些您这样的搞笑成分在里面。挺好！挺好！您继续吧！

继女　挺好吗？是呀，是呀！当她用这种语调给别人提出建议时，人们虽然会觉得莫名其妙，但仍然会同意她说的，因为都以为自己听到的就是个笑话呢。你们知道她跟我说什么吗？她说"一位劳（老）先生向（想）同泥（你）探探（谈谈）心"。好笑吧？谁都会当个笑话听。

帕奇夫人　也不是太老，不算太老，我的大小姐。他这种成熟型的男人，脾气好着呢，你撒撒娇、发发脾气，他都会宠着你的。

母亲　（大怒，冲上前来，去扯帕奇夫人的头发，结果将假发拉下来掉在地上。演员们从惊慌中反应过来，急忙上前拉住她。）你这个老妖精，你是害我女儿的魔鬼！

继女　（忙跑过去拉住她的母亲）妈妈，不要这样，您别这样，您理智一点。

父亲　（跟着跑过去）是呀，是呀，理智一点。咱们慢慢说！

母亲　快把那个魔鬼赶出去！我不想看见她！

继女　（到导演面前）让我母亲先去休息一下吧，她现在恐怕没法安静地待在这儿。

父亲　（也向导演）是的，不能让她们碰面，她们一见面就要打起来，这样我们就没法排练了。您看，我们来的时候特意没有让她们两个出现在一起。

导演　没事，没关系。现在只是走个过场，乱一点也不打紧，你们先让我把这些大致的内容了解清楚了。（转向母亲，把她送回原处）亲爱的夫人，你先安静一下吧，先好好坐着。拜托了！

继女　（同时回到帕奇夫人面前）夫人，我们继续吧！

帕奇夫人　天哪，我不要，我不要。只要你母亲在这儿，我就没法继续下去了。

继女 别闹了，赶紧开始吧。快让那个"要和我谈谈心的老先生"进来吧！（急忙向众人）这段戏终究是要开场了，大家看好戏吧！——快来，我们接着来！（向帕奇夫人）您可以下场了！

帕奇夫人 好，好，我走！我自然是要走的，不用你赶我！（她捡起假发，戴在头上，狠狠地剜了一眼那些起哄鼓掌的演员们，气冲冲地下场。）

继女 （向父亲）你进来吧，别磨磨蹭蹭的！我们现在开始排练你已经进屋的这一段场景。我不安地坐在这里，紧张又无助的样子。这时，你进来后用一种怪腔怪调大声对我说："小姐，你好呀！"

导演 （走上前）你要搞清楚了，这里到底谁是导演？（向正茫然不知所措的父亲）这样吧，你先走到后台，到不离开舞台的位置，然后再从那边走过来。

（父亲慌忙按导演的指示进行排练，刚开始时显得表情僵硬、动作局促，不一会儿便进入了角色。再从后台走过来时，面带微笑，仿佛并不知道将有一场悲剧发生在他身上。演员们聚精会神地看着，已经完全入戏。）

导演 （赶紧小声地提醒提词员）快准备好，把词记下来。

（这场排练开始。）

父亲 （走上前，用一种怪腔怪调的语气说）小姐，你好呀！

继女 （低着头，强忍着那种反感，尽量平静地说）您好！

父亲 （继女的帽子几乎要遮住了整个脸，父亲仔细地打量着，看出她年纪很轻，面色一喜，但又害怕会出什么问题）嘿，小姐，我想你应该不是第一次来这里吧，是吗？

继女 （仍低着头）不是的，先生，不是第一次。

父亲　这么说你以前也来过这里？（继女点头，不语）是真的不止一次吗？（一边等她回话，一边从帽子底下再仔细观察她，然后微笑着说）如果不是第一次，就用不着这么害羞了。你看……让我帮你拿下帽子吧，可以吗？

继女　（忍住厌恶，急忙拒绝）先生，我自己来吧。（迅速将帽子摘下来，紧张不已。）

（在演员们所站的另一侧，母亲正带着儿子和两个紧跟着她的孩子看这场排练，她不安地紧盯着舞台中心。随着剧情的发展，父亲和继女的每一个对话、动作都牵动着母亲的情绪，哀伤、轻蔑、担心、恼怒的表情相继浮现在脸上，并不时地惊呼、掩面，痛苦不堪。）

母亲　天哪，我的上帝啊！

父亲　（听到母亲的低呼，脸色僵了僵，然后继续用原来的语调说）把帽子给我吧，我帮你挂上。（从继女手里接过帽子）啊，你这么可爱的小姐应该戴更漂亮的帽子才对啊。来吧，我们在这些货里挑挑好不好，看看哪顶更漂亮。

女青年演员　（打断他们）那些帽子都是我们的，你可别搞错了！

导演　（非常生气）别捣乱，这是排练，不要打断他们！（转向继女）继续！继续！

继女　（接着演）您不用破费了，先生，谢谢您。

父亲　小姐，你不用跟我客气，你一定得挑一顶，不然我可要生气了啊。这边有几顶还不错呢，这种漂亮的帽子才配你的气质呀。帕奇夫人一定会高兴的，她摆在这儿就是想让我买给你的。

继女　哦，不行，我不能要。

父亲　你是担心将新帽子带回家，跟家里人无法解释吗？这要怎么办呢？怎么说才不让他们起疑心呢？不用担心。

继女 （左右为难，忍无可忍地喊起来）不是的，不是这个原因！我想，您应该看到了（指身上的孝服）。我没法戴那些帽子是因为这个……

父亲 戴着孝吗？我明白啦。恕我冒昧，我看到了，真对不起！

继女 （心里十分生气，但极力控制着厌恶之情）不要紧，您不用感到抱歉，我应该谢谢您的好意。您别觉得不好意思，我不介意的。我甚至想……（强颜欢笑）我应该忘记身上的孝服。

导演 （插话，一边向提词员，一边走上舞台）停一下，停一下！最后那句台词不要，别记那句话。（然后向父亲和继女）真棒，真是棒极了！（仅向父亲）按我们之前讨论的那样接着演吧。（向演员们）送帽子这段戏很不错，你们说是吧？

继女 可是，最精彩的戏就要到了，为什么停下来呢？

导演 再等等！（又向演员们）这一段戏要仔细琢磨一下，表情语调都要更到位。

男主角 是的，更生动自然一些。

女主角 没错，这很简单。（向男主角）那我们俩现在去试试这场吗？

男主角 这需要我……那好吧！我去准备一下，马上上场。（退下，准备重新上场。）

导演 （向女主角）你好好听着，现在你和帕奇夫人的那段戏已经结束了，我接下来会把它完整地写出来。你来这边……喂，你要去哪里？

女主角 导演，等等！我去把我的帽子戴上。（走到衣架前，将自己的帽子取下戴在头上。）

导演　行了！你低着头站在这儿。

继女　（嘲笑）她可没穿孝服呢！

女主角　你放心好了，我正式演出的时候会穿的，肯定比你的好看得多。

导演　（向继女）请你不要插嘴，安安静静地看吧！你学学我们是怎样排的。（拍手）来吧，开始上场！

　　（舞台上的门打开了，男主角扮演成一个吊儿郎当的老头儿模样，带着一脸轻松的表情走了进来。从一开始，男女主角的表演就截然不同，没有模仿的痕迹，而是带着专业演员自己独特的风格。看到男女主角虽然说着与他们刚才说的相同的台词，但丝毫没有看到自己身上的样子，继女和父亲时而比画手势，时而表达不满，时而露出微笑，表达着各种情绪。提词员字正腔圆地念着台词。）

男主角　小姐，你好呀！

父亲　（立刻无法忍耐）不对！不是这样的！

　　（继女看见男主角上场的样子，忍不住哈哈大笑起来。）

导演　（一脸怒气地从台前走过来）别打断他们，不准插嘴、不准笑！一直这样，我们永远都排不完了！

继女　（也走上前）我实在是忍不住了啊！她（指女主角）站在那边毫无表情；如果我听到有人这样怪腔怪调地说"你好呀"，我肯定是要笑场的。

父亲　（略走上前）没错，这动作、腔调……的确是！

导演　什么动作腔调的？我在这排练，你们别捣乱。

男主角　（走上前）我现在是扮演一个去风月场所的老头儿……

导演　你演得很好，别理他们，我们重新开始吧。（等男女主角重新准备开始）开始……

男主角　小姐，你好呀！

女主角　您好！

男主角　（模仿父亲之前的动作，先从帽子下面仔细打量她的脸，然后
　　　　表现得很欣喜，再做担心状）嘿……嗯……我想你应该不是第一
　　　　次来这里吧，我想……

父亲　（忍不住打断）不是"我想"，而是"是吗？"

导演　"是吗"代表问话的语气。

男主角　（指提词员）我听见他说的："我想……"

导演　"是吗"和"我想"都差不多，差不多，表现效果可能会打点
　　　　折扣……不用那么纠结，接着往下排吧。我来表演一次，你们
　　　　仔细看好了！（走到舞台上，重复之前的表演）——小姐，你好呀。

女主角　您好！

导演　等等，让我想想……（转向男主角，演示从帽子下看女主角的
　　　　动作）有吃惊的……然后满意又担心的。（接着转向女主角）我
　　　　想你应该不是第一次来这里吧，是吗？（又转向男主角）明白我
　　　　的意思了吗？（转向女主角）你接着说："不是的，先生，不是
　　　　第一次。"（又转向男主角）动作和语气都要尽量自然一些！（回
　　　　到原位。）

女主角　不是的，先生，不是第一次。

男主角　这么说你以前也来过这里？是真的不止一次吗？

导演　不对，不对，停一下！（指女主角）"是真的不止一次吗？"
　　　　说这句话之前必须要等她先点头。（女主角将头稍抬起一些，痛苦
　　　　地合上眼表现出满脸的厌恶，然后点了两次头。）

继女 （忍无可忍地）唉，天哪！（怕自己笑出声来，连忙用手捂住嘴。）

导演 （转向继女）又有什么问题吗？

继女 （马上否认）没事，没事，继续吧！

导演 （向男主角）轮到你了，接着说吧。

男主角 如果不是第一次，就用不着这么害羞了。你看……我帮你……把帽子摘下来吧，可以吗？

（男主角说到最后一句话时，因为他的表演让继女即便是捂着嘴，也无法再忍住地大笑起来。）

女主角 （愤怒不已地走到一边）天哪，我不想演了，我可不愿意被这个女人当猴子看。

男主角 是的，是的！我也不演了，这没法演下去了！

导演 （转向继女大喊起来）不要再插嘴了！拜托你，不要再插嘴了！

继女 好吧，对不起，请原谅我！

导演 你真是没一点规矩、一点礼貌都不懂！怎么会这样？

父亲 （尽量调解）是的，是她的错，请您不要跟她计较。

导演 （又回到舞台）能跟她计较什么，简直太让人受不了了。

父亲 您说得没错，先生，但是他们的表演却有一些怪，我是说真的……

导演 怪吗？哪里怪了？

父亲 您的这两位演员都很专业，我很尊敬他们（指男女主角）。虽然他们想演出我们的样子，但他们不可能成为我们……

导演 但他们是演员，肯定不是你们。演戏本来就是这样，这没什么问题吧？

父亲 是的，他们是专业的演员，他们演得也很棒，但对于我们来说却不是那么回事，他们在我们看来不是角色的样子。

导演　你说的"不是那么回事"是什么意思？你到底想表达什么？

父亲　先生，我的意思是，他们把角色带上了他们的特征，而不是角色本身了。

导演　这是必然的，表演就是这样，你应该早就知道的。

父亲　是的，我懂，我能理解……

导演　那你就不要再多说了！（转向演员们）我们还是按自己的方式来排练吧。相信我，千万不要跟编剧一起排练，因为他们永远都会挑三拣四的，对表演有各种不满。（转向父亲和继女）来吧，我们接着排练，我拜托你们不要再笑了。

继女　不会了，不会了，我会控制住的。戏马上就要到精彩的地方了，您放心吧。

导演　开始吧！她说"您别觉得不好意思，我不介意的。我甚至想……"的时候，（转向父亲）你用"我了解的……"打断她的话，然后你接着问她……

继女　（打断）您要他问我什么？

导演　就是为什么穿着孝服。

继女　哦！不能这样改！您知道吗？当我说应该忘记身上的孝服时，您知道他是怎么接着说的吗？他说："那太妙了！不如快点让我们把孝服都脱下来吧。"

导演　太棒了，这词妙极了！这会让现场的观众情绪都沸腾起来的。

继女　这就是真实发生的事。

导演　真事吗？好吧，我们这是在演戏，所以保持一定程度的真实性就好了。

继女 那您打算如何改编呢?

导演 你不用管这些了,将来你就会看到的。

继女 先生,我当然需要了解的。您看看,我经历了那么多让人难以忍受的生活磨难,那么多卑劣的事情,把我变成现在这样,您难道想把这些残酷的现实编造成一个忧伤的浪漫剧吗?您想让他问我为什么穿着孝服,而让我悲伤地说我爸爸刚去世两个月吗?不,不能这样,他必须按我刚才说的那样:"不如快点让我们把孝服都脱下来吧。"而我,必须忍着这两个月所受的悲痛和屈辱,走到屏风后,满怀羞愧地用颤抖的手解开衣服扣子,并脱下内衣……

导演 (抓狂起来,手指插入头发)天哪!别说了,真让人受不了!

继女 (几乎疯狂地咆哮)先生,这就是事实!是真实发生在我身上的事!

导演 没错,这是事实!我完全理解你当时的那种感受,可是……可是这种事情是没有办法在舞台上演出的,这你应该知道。

继女 不能演吗?那么,先生,我没法干了!

导演 别这样,别这样,你应该了解……

继女 我不跟你们掺和了!你们两个刚才在后台是不是已经商量好了,要表现他(指父亲)的生活苦闷、他的精神压力?我全知道了!那么我的部分呢?我的屈辱又如何表现?我要演的是我的部分,我的戏!

导演 (不耐烦和高傲地耸耸肩)你的戏吗?这可不是你一个人的独角戏。这里还有这么多的角色,比如他(指父亲),再比如她(指母亲)。整部剧只突出表现一个角色,剧本只为一个角色服务,那是不可能的事！所有角色都必须服从于整体的剧情，然后用这个舞台把可以演的演出来。我明白你们每一个人都有独特的内心世界，都想要演出来，但在这里只能演出这个舞台所需要的情节。我们要顾及角色之间的关系，还要顾及每个角色的表现力，更要考虑到观众的感受，这就是困难的地方啊！如果让每个人都上台用发泄的方式演出来，这倒简单了。(尽量安抚继女)你得为大局着想，更得为你自己想想，如果你一直表现得愤世嫉俗、怒气冲冲，不但不能引起观众的同情，反而可能会引起他们的厌恶呢。而且你自己也说过，你在帕奇夫人那里可不止一次有这种事。

继女　(安静地低下头来，调低声音说)没错，是的。可对我来说，别人也都是因为他。

导演　(不解)别人也是因为他？你这话我听不懂了。

继女　对于因为一个错误而陷入歧途不能自拔的人来说，难道不是要让第一个使他犯错的人来承担责任吗？他在我出生之前便犯下了不可饶恕的错误，难道他不应该对我负责吗？您听听，我说的有道理吧。

导演　好吧，即便是这样，但你没有看到他的悔恨和痛苦吗？所以，请你也给他表现和说明的机会吧。

继女　他要怎么表现和说明呢？当他叫我脱下衣服躺在他怀中时，突然发现这个堕入风尘的女子就是他以前常去学校探望的那个孩子，他惊恐万分。您认为他接下来将如何来解释和表现他那"高尚"的悔恨和"道德"的痛苦？

　　(最后继女说话的声音都激动得颤抖起来。母亲听到这些心如刀绞，

（开始时低声啜泣，后来抑制不住地痛哭起来。在场所有的人都安静下来，陷入沉思中。）

继女 （等母亲的情绪稍微平静下来，坚决又认真地接着说）目前观众对剧情是一无所知的，明天就要表演了。但您想让这个戏真实地展现在观众面前吗？

导演 是的，当然！我们会尽量采用真实的桥段，这就是我所要表现的。

继女 那么，请您先让我母亲离开。

母亲 （呆住，然后大喊起来）不要！不要这样，不要这样！

导演 夫人，我们只是做个样子而已，我看看是怎么回事。

母亲 不行！我不同意！

导演 可是这事已经发生过了，我不理解你为什么还要阻拦。

母亲 不，这件事还没有过去，还在这里，永远在这里。我的痛苦您能感受得到吗？它真实地存在着，而且时刻让我在痛苦的深渊中挣扎。当我看着紧紧跟着我的这两个孩子,我的痛苦会更深。您不曾听到他们的话吧？因为他们已经不在这世上了！永远地离开了！离开我了！她（指继女）也离家出走了，逃离了这里。她现在在这里，仅仅是为了让这段痛苦的经历重现。她给我的痛苦永远都在，永远挥之不去！

父亲 （严肃地）就像我刚才说过的，我的痛苦将伴随我一辈子。她（指继女）抓住我的这个错误不放，将我牢牢绑在被告席上一次又一次地进行审判，让我无法解脱出来。

导演 这一段是一定要演的，而且将是整个剧的重头戏，一直演到她（母亲）惊声尖叫为止。

父亲 没错，这是对我罪行的审判。那些不堪的镜头将在她的尖叫声中结束。

继女 那一声尖叫，犹在我耳边回荡，让我几乎疯掉！导演，请您根据情况把我写在这幕剧里吧，如果必须要穿着衣服，那起码要让我脱下外衣露出胳膊。因为当时我是这样站着（靠近并用手搂住父亲，头靠在他胸前），头贴在他胸前，胳膊搂住他的脖子，因为厌恶至极，我看到胳膊上的一条血管在不停地跳动，它仿佛是在提醒着我；接着，我闭上眼睛将头埋在他的胸前。（转向母亲）再接着听见了妈妈的尖叫。（仿佛不想听见这尖叫声，于是把头埋得更低。然后激动不已地说）妈妈，尖叫吧，就像当时那样！

母亲 （冲上前来，拉开抱着的两人）天哪，这是我的女儿，我的女儿吗？（转向父亲）她是我的女儿，你难道没有看出她是我的女儿吗？无耻的畜生啊！畜生！

导演 （冲突和情感爆发的这一幕使他不自觉地往后退，演员们则被惊呆）很好！太好了！到这里就可以落幕了！

父亲 （情绪激动地走到导演面前）事情的经过就是这样了。

导演 （兴奋地肯定）是的，是的，这很好。现在落幕吧！落幕！（导演喊了两遍"落幕"后，布景师将幕布落下，只剩下导演和父亲在台前。）

导演 （无奈地挥臂）笨蛋！我的意思是这一段戏结束了，不是真的要把幕布落下来。（拉起幕布的一角，想钻进幕布到舞台里面，转向父亲）戏剧效果很好，这一场就这样收尾。我敢肯定，它将非常精彩。

（和父亲一起进到幕布后面。）

（幕布再次升起时，舞台上的布景已重新布置，台上变成一个有着水池的小花园。舞台两边分别站着剧场的演员们和六个角色。导演站在舞台中央，将一只手握成拳状捂在嘴边做沉思状。）

导演 （沉思后耸耸肩）现在，我们开始排练第二幕。一切按照之前讨论的来演，听我的指挥就不会出错。

继女 下面一段戏开始演我们不顾他（指儿子）的反对闯进他（指父亲）家。

导演 （反感）你别插嘴，听我的就行。

继女 一定得说清楚，我们闯进去是他（指儿子）极力反对的。

母亲 （无可奈何地摇头）麻烦一桩接着一桩呀……

继女 （马上转向母亲）不要紧。我们越受罪，他心里的痛苦和亏欠就越深。

导演 （不高兴）这些我都知道，清楚得很！不用你来说，我也知道怎么做。

母亲 （真挚地请求）我求求您！在这件事上，我一直竭尽所能，您一定要让别人了解这一点……

继女 （生气地插嘴）是的，就这样还来劝我，要我不让他（指父亲）太难堪。（转向导演）她没说错，就按她说的演吧，事实就是这样。我想您已经看出来了，即便她（指母亲）那样求他（指父亲），他也冷漠地毫不动心，好像这一切都跟他无关。真好笑呀！太好笑了！我很高兴看到这些。

导演 我们到底还演不演呀？

继女 我不再插嘴了。不过，您想在这花园里演出接下来所有的剧情，是不现实的。

导演　什么意思，为什么？

继女　因为有些事情是在房间里发生的，他（指儿子）总是一个人待在自己房里，所以我们需要布置一个房间来让剧情合情合理地发展。

导演　我了解这一点。但现实情况不允许我们在同一幕戏里接连换三四次背景。

男主角　以前倒是也这样办过……

导演　没错，那时观众和这个小女孩是一样水准。

女主角　那就虚拟一下吧。

父亲　（立刻站出来）虚拟吗？请您别说什么"虚拟"，用这个词简直是侮辱我们。

导演　（吃惊）为什么这样说？

父亲　真是侮辱啊！这一点，我认为你们可以体会得到。

导演　那你觉得用什么词合适呢？我们虚构一个故事让观众看到。

男主角　通过我们的表演来体现。

导演　让虚构更真实。

父亲　我终于清楚了！你们根本不曾理解我们，你们自始至终都以为这不过是一场玩笑而已！是的，当成是玩笑！

女主角　（生气）说什么玩笑呢！我们可都是专业的演员，一直在敬业地表演，并没有闹着玩儿。

父亲　我承认这点。我的意思是你们玩弄表演的技巧，通过表演来体现真实的事件。

导演　是的，是这样。

父亲　但是您想过吗，我们这些角色（指自己和其他五个角色）仅仅只有这种虚拟的存在，难道就没有真实的存在吗？

导演 （吃惊又疑惑，看看那些演员们也一样迷惑不解）你可以再说清楚些吗？

父亲 （脸上带着惨淡的微笑，凝望了导演和演员们片刻）请听我说，你们认为表演出来的虚拟角色，其实就是我们唯一赖以存在的实体。（稍微停顿后，走近导演几步，接着说）其实这种情况你们也会有，比如说，（盯着导演）您知道您是谁吗？（伸出食指指向他。）

导演 （疑惑不解地笑道）你想说什么？我当然是我自己，不然我还能是谁呢？

父亲 假如我现在告诉你：你说得不对，因为你就是我。

导演 真是疯了！我肯定会说你疯了！（演员们哄笑起来。）

父亲 你们看到了，这是一个玩笑，所以你们笑了。你们笑得没错！（转向导演）如果不是开玩笑，那这位先生（指男主角）就是他自己，我也是我自己。如果说"他"是"我"，那这不就是一个玩笑吗？您想想看，您已经中了我设的圈套。（演员们又大笑起来。）

导演 （不耐烦）够了，够了。你之前已经说过这种话了，干吗还说呢？

父亲 我只是想让你们不要再开这种玩笑，（看了女主角一眼，那眼神仿佛在阻止她将要说出口的话）希望你们能抛开这种惯有的所谓"艺术表演"。如果我刚才还没有说清楚的话，那么让我再问您一次：你是谁？

导演 （又惊又怒，转向演员们）这家伙简直是疯子！自认为是"角色"就不断地问我是谁！

父亲 （严肃但不气恼）先生，一个角色有其明显的个性特征，更有其既定的故事命运，"角色"所体现出来的是"一个人"，但一个人——我并不是指您—— 一个平凡人或许"谁都不是"。这就是为什么一个角色会跑来问一个人到底是谁的原因。

导演 没错,你跑来问我了,那我就要告诉你,我是导演,你懂了吗?

父亲 (耐心地继续解释)先生,请问您是怎样看待以前的自己呢?如果保持一定时空的距离来看待以前的您,是不是和现在不一样?那时您的感受和心情、您的境遇和经历,只代表那一个阶段的您。如果现在回想起当时的您,那些往事和心境早已经逝去,仿佛就像是做了一个梦。您是不是会感觉身处云端,这脚下的地板和土地都像是在飘浮一般?就像您这一刻所感受到的自己,对于将来的您来说,都将是过去了的一场梦。您看我说得没错吧?

导演 (迷惑懵懂的样子)好吧,你说这些想表达什么呢?

父亲 没有别的意思,只是想让您了解,既然我们(指自己和其他五个角色)都是虚幻的,那您也不要相信今天所感受到的自己。因为那也不是什么实际存在的,就像那些虚幻的往事一样,今天所感受到的这些也注定要随着时间而逝去。

导演 (戏弄的口气)好极了!接着你一定会说,你们比我们的表演更真实些吧。

父亲 (正色)这是可以肯定的。

导演 你就这么确定吗?

父亲 我认为您一直清楚这一点。

导演 你难道比我自己还真实吗?

父亲 就像您自身在天天发生着变化……

导演 是的,是的,我跟其他人一样自身每天都在发生着变化。

父亲 （高声）我们（指自己和其他角色）却是不一样的！我们不会发生改变，这正是我们所具有的特质。我们只能是自己，不会成为别的，也不会随着时间而改变。想想这一切多有意思呀，我们是不朽的！当你靠近我们时，不会为此战栗吗？

导演 （突然想起什么，来到父亲的面前）我从没有听说过一个角色从剧本里跑出来，在这里高谈阔论，并堂而皇之地指挥起戏剧的演出。这里有谁见过吗？请告诉我？我真是闻所未闻啊！

父亲 先生，您之所以没有见过，是因为您不了解编剧们的创作过程。编剧记录下那些鲜活的角色们，包括他们的动作、语言、表情。角色和编剧的要求总是要保持一致的，不然这个剧将无法继续。当角色们被创造出来，便成了独立的个体，观众们会赋予角色更多编剧想象不到的含义。

导演 是的，我了解。

父亲 那您就不应该为此而吃惊了。现在您应该能体会到我们这些角色的悲哀，当编剧创造出角色而又不肯给它生命的悲哀。我们曾极力劝说编剧，有我、有她（指继女）和那可怜的母亲（指母亲），最终他还是置之不理。那现在我们正在做的一切，您是不是能理解和体谅了呢？

继女 （走向前，仿佛陷入回忆）他说的是事实。我也曾劝说过他很多次。每当黄昏降临，他愁眉不展地坐在书桌前的靠椅上，房间里没有开灯，昏暗的光线笼罩着。他知道我们是来劝说他的……（她想回到自己站在书桌前的一幕，感觉演员们有些碍事）喂！你们都走开些，只留我们在这儿。我母亲和她儿子（指小男孩）在那边，我和我妹妹（指小女孩）在一起，他（指儿子）一个人站着，接着我和他（指父亲），然后是我一个人……在这片黑暗里。（她仿佛突然看到了黑暗中自己发光的影子，想要跳起来用手抓住）啊，我的生命！我曾用我的生命向他奉献了那么多的剧情，特别是我，我比别人付出得更多，曾那么多次地劝他！

父亲 是的，也许他不肯给我们生命就是因为你，因为你太自以为是，太固执，所以他才故意不给。

继女 你懂什么？我的个性是他一手塑造出来的。（她走近导演，压低声音对他说）他抛弃我们一定是因为对普通大众所喜欢的戏剧类型而感到灰心失望。

导演 天哪，接着演吧，别再没完没了了。你们的这些说辞实在是太多了，快言归正传吧！

继女 唉，我们对你说的就是剧情呢。当我们进到他家时，您是说没有办法五分钟换一次布景吧？

导演 是的，是的，没法按你的想法来做。我们必须把很多剧情集中起来，紧凑地组织安排才行。先让你弟弟从学校回来，然后在家里失魂落魄地走来走去，然后躲在门后若有所思。你之前说他想什么来着？

继女 毁灭自己，先生，他想毁了自己的人生！

导演 好吧，他想毁掉自己，对吗？想让自己的人生过得很凄惨？

继女 没错，您仔细看看他吧（手指着靠在母亲身旁的小男孩）。

导演 哦，是的。然后还要让这个活泼的小姑娘在花园里蹦蹦跳跳地玩耍一阵。一个在屋子里，一个待在花园里，这样可以吗？

继女 可以的，当看着她在这阳光下欢乐地玩耍，便是我唯一的生活安慰。我们来到他（指父亲）家里，四个人睡在一间潮湿阴暗的房间，她总是挨着我睡，用她的小胳膊搂着我，紧紧地搂着，让我觉得自己的身子肮脏不堪，对往事悔恨不已。在花园里，她每次见到我，便立刻跑过来亲热地拉住我的手。她常常指给我看花园里的那些花，她喜欢小花，不喜欢大花。那是多么幸福快乐的生活啊！

（往事历历在目，回忆深深地刺痛了她，让她忍不住伏在桌子上痛苦地埋头大哭起来。在场的人都被这一幕感动了。导演走过去，试着像她父亲那样来安慰她，希望可以给她一些温暖。）

导演　我们一定会演出这一幕，而且一定要好好布置这个花园。你肯定会喜欢的，我会布置一个漂亮的花园出来。来吧！我们现在就开始布置！（招呼一个舞台工作人员）喂！去帮我拿两棵柏树来，要放在花园的喷泉旁边。

（两棵柏树被绳子吊着从舞台上方缓缓降下，一个工作人员过去解下柏树，并拿出钉子开始布置。）

导演　（转向继女）这还不够呢，我们还需要再布置得好些。（又叫舞台工作人员）喂！再给我弄出一个天空来。

舞台工作人员　（在上方问）您说什么？

导演　天上的天空！要布置在喷泉后面。（工作人员将一块白色的布从舞台上方降下）不！我不要白色的，我要的是夜晚的天空……等等！先这样吧，我再想办法来处理。（高声喊）喂！把大灯关掉，留一盏小灯。我需要一点蓝色的光线，照在白色的背景布上，制造出一些朦胧的、若隐若现的氛围。

（导演指挥着现场布景，片刻，舞台上呈现出一幕朦胧的夜景。演员们仿佛置身于月色下的花园里散步和闲聊。）

导演 （转向继女）很棒吧？小男孩不藏在门后了，可以去花园，到这棵树后面躲着。现在比较麻烦的是要找一个小女孩来表演花园里看花的这一幕。（转向小男孩）你过来！咱们试试戏。（见小男孩不动）来！快过来！（他将小男孩拉到前面，想让他抬起头来，但每次都失败了，小男孩总是将头低垂下去）天呐！这又是怎么啦？这孩子……他有什么问题吗？……谁能让他说两句话？（他扶着小男孩的肩膀，将他带到舞台上一棵树的后面）到这里来！咱们试试：你藏在这棵树的后面……然后这样……探出点头来偷看前面。（他走开一段距离，仔细观察小男孩这一幕的效果。小男孩照着导演的话做着动作，周围的演员们全都安静下来，仿佛已进入到这幕戏中）很好！好极了！（他又转向继女）如果小女孩发现了他的偷窥，跑过来吓唬他，能让他开口说几句话吗？

继女 （站起来）只要他（指儿子）在这儿，就没法让他（指小男孩）开口说话。您或者可以考虑让他（指儿子）先离开。

儿子 （毫不犹豫地走向楼梯）太好了！我巴不得走呢！

导演 （急忙阻止他）不行！你要去哪？先等等！

（母亲害怕他真的走了，站起来伸出手想要去拦住他，情绪十分激动，但又仍站在原地，没有迈动脚步。）

儿子 （走到舞台前方，向拦住他的导演）这儿没我什么事，所以请您让我离开吧。

导演 这儿怎么会没你的事呢？

继女 （冷淡地嘲讽）您根本用不着拦着他，他压根儿就不会走。

父亲 他得留下来和他母亲一起出演在花园里的那一幕。

儿子 （态度表现出没有商量的余地）我早就说了，别想让我来演什么。

（转向导演）请让我离开！

继女 （走向导演，掰开他拉住儿子的手）您就让他走吧！（导演一松开手，她立刻转向儿子）你快走吧！

（儿子迈步走向下舞台的楼梯，下楼梯时却突然停了下来，好像一股神秘的力量将他拉住了，无法迈出脚步。在大家惊讶的目光中，他走到舞台另一侧的楼梯，却同样也伸出腿无法迈下去。继女一直冷漠地盯着他的举动，看到他无法离开时，带有讽刺意味地大笑起来。）

继女 快看吧，他是不会走的，他已经被牢牢地拴在这里了。等到该发生的事都发生了，等到我不想要见到他，因为恨他而离开这里的时候……他就会一直留在这里，和他的这位好父亲、和这位失去其他儿女的母亲一起生活。现在只要我还在忍受着他的冷眼，他就不会离开这里的。（转向母亲）母亲，您过来！（转身让导演看母亲）她已经准备要去拦住他了，您看哪！（转向母亲，仿佛在对她施展魔法）来吧！来吧！……（又转向导演）您大概也看出来了，即便是她极力压制住自己的感情，但迫切想要接近自己儿子的心太强烈了。您看见了吗？因为这个，她甚至愿意来参与此次演出。

（母亲果然走了过来，当继女说完这些话，便伸出双臂表示同意。）

儿子 （马上）我不演！我拒绝！我没法演！如果我走不了，就留在这里，但什么也别想让我演！

父亲 （看到儿子这样，十分生气，转向导演）先生，您可以强迫他出演。

儿子 谁也别想强迫我！

父亲 你必须演！

继女 先等等，等一下。这小女孩要先站到喷泉池边。（她跑到小女孩面前，半蹲下身子，用双手轻捧着女孩的脸）我可怜的小妹妹，你用那纯洁又无辜的大眼睛看着发生的这一切，你一定不知道我们是在做什么。我亲爱的妹妹，我们是在剧院的舞台上。你知道舞台是做什么的吗？它是演戏的地方，在这里把我们的故事演给大家看，你和我们一起演……（继女轻轻抱着小女孩，将她的小脑袋拥在怀里，温柔地抚摸着她）我亲爱的小宝贝，你知道吗，你要演出的是一段多么丑恶的剧情呀，有着那么可怕的结局。看起来这么漂亮的花园、喷泉……全都是假的，一切都是假的。宝贝儿，或许这对你来说没什么，你在假的喷泉池边可以玩得更开心。可是，这对于别人来说是一场游戏，但对于你来说却不是，因为你是真实的。你是在一个真的喷泉池边玩，那个水池很大，旁边翠绿的竹子倒映在水中，美得犹如画卷一般。还有好多鸭子在里面戏水，搅得一池水碧波荡漾。你想要抓住其中的一只鸭子……（她突然大叫起来，大家被吓到）不，我的宝贝儿！因为你母亲的那个坏蛋儿子，没把你照顾好。我好恨啊……而他……（她走向小男孩，满怀厌恶和恼怒）你为什么总是窝窝囊囊的像个乞丐？她（指小女孩）的溺死你也要负一定责任。你那样的表情，好像是我犯了错，是我硬把你们带到这个房子里来。（见小男孩一直将手放在口袋里，继女试图抓住他的手臂，将手拿出来）你在口袋里藏了什么？快让我看看！（小男孩的手被继女拉了出来，只见他拿出一支手枪。她愣了愣，便露出满意的表情，接着说）手枪是你从哪里弄的？（小男孩并不回答她的话，目光呆滞地看着）蠢货！如果是我，就绝不会自杀，而是要杀死他们中的一个（指着父亲和儿子），或者把他们全都杀掉！

（继女把小男孩拉回到他原来藏身的柏树后，接着将小女孩抱起，平放在水池里。最后，继女扶着喷泉池的边缘跪坐下来，神色哀伤地将头靠在手臂上。）

导演 很好！（转向儿子）现在你……

儿子 （讥讽地）没我的事，导演。我和她（指母亲）之间什么戏都没有。（他用手指母亲）让她告诉你吧。

（正在这时，女配角和男青年演员从众演员中走出来，仔细观察着母亲和儿子，考虑如何扮演自己的角色。）

母亲 是的，我去了他的房间。

儿子 是在我的房间，我们不在花园，您知道了吧？

导演 不要紧，我可以重新调整场景或者剧情。

儿子 （注意到男青年演员正盯着他看）请问你找我有事吗？

男青年演员 没事，我等会儿将扮演你的角色，所以我在观察你。

儿子 （转向女配角）她也是这样吗，因为要扮演她（指母亲）？

导演 是的，是的，你应该感谢我们演戏这么认真。

儿子 太感谢你们了！但是你们还不了解吗？你们是不可能演成功的，因为你们并不是我们，你们只是在模仿而已，却完全不是我们。就好比一面镜子，你以为我们能活在镜子的面前，只要神态不僵硬，有一个不变的样貌就心满意足了吗？不，这完全不是我们，你们觉得我们会接受一个将我们的形象都扭曲得不成样子的我们吗？

父亲 没错，没错！我同意你说的。

导演 （向女配角和男青年演员）那好吧，你们先走开。

儿子 我不想演，怎么样都没用。

导演 等等，先听你母亲说吧。（转向母亲）请你接着说吧，你走到
他房间，然后呢？

母亲 我去他的房间，是想把心里的苦闷通通发泄出来，因为我已
经无法忍受这样的现状了。但他看见我进来就走开了……

儿子 是的，我什么都没说，就走开了。因为我不想跟人吵架，所
以我走开了。

母亲 是的，就是这样。

导演 但是为了戏剧效果，我们必须要重新编写一段情节插进来才
行，这是一定要的。

母亲 导演，我没问题。如果可以的话，我想把我心里的话说出来
给他听。

父亲 （走向儿子，大声地训斥）为了你的母亲，请你一定要配合好
好演！

儿子 （一如既往地坚决）我什么话都不想听。

父亲 （将儿子的衣襟抓住，用力地摇晃他）你要听话！照我说的做！
你到底有没有良心？你没听见你母亲说的话吗？你还是不是她
的儿子？

儿子 （也抓住父亲）我绝不会演的！（所有的人都紧张起来。母亲慌
忙上前拉开他们。）

母亲 （惊慌地劝说）不要这样！你们冷静一下！

父亲 （仍抓住儿子不放）你必须听我的，必须！

儿子 （和父亲拉扯起来，最后将父亲推倒在楼梯旁，众人惊恐不已。）
这是发什么疯？想把我们的脸都丢尽吗？告诉你，我不演！我
不演！编剧也不想让我们演出来，我这是尊重他的意愿。

导演　可是你都已经来了呀!

儿子　(用手指着父亲)是他来了,我没有!

导演　你人不都已经在台上了吗?

儿子　都是因为他(指父亲),他把我们一起拉到这儿的。他和您一起讨论剧情的时候,好像嫌发生的真事还不够似的,还要加一些虚构的情节进来。

导演　那你来说吧,告诉我到底都发生了些什么事。你什么都没说就走出房间了吗?

儿子　(犹豫一下)什么都没说,是的,为了避免争吵。

导演　(催促)接着呢?接着怎么样了?

　　　　(众人都竖起耳朵,想听儿子说接下来发生的事。儿子沿着舞台走了几步。)

儿子　我走了出去⋯⋯在穿过花园时⋯⋯

　　　　(儿子不再往下说,脸上露出一丝凄凉和惊恐。)

导演　(儿子的沉默引起了他的好奇,有些急切地催促)那接着,穿过花园时发生了什么?

儿子　(痛苦地举起一只手臂遮住脸)您别再问了!那实在太可怕了⋯⋯

　　　　(母亲激动得开始浑身颤抖,哭泣着向喷泉池那边望过去。)

导演　(看到母亲的神情,仿佛已经领会了,转向儿子确认自己的猜测)看到小女孩吗?

儿子　(看着前方的观众席)是的,在喷泉池里⋯⋯

父亲　(带着怜悯的表情,手指着母亲)那时她正跟着他(指儿子)。

导演　(急切地转向儿子)那你呢⋯⋯

儿子　(两眼发直,缓慢地说)我冲上前去,想要把她从喷泉池里捞上来……然后我看到了更让人震惊的事情，这个男孩子像僵住了一样站在那里，两眼疯狂地盯着溺死在水里的妹妹。我呆住了……

（继女弯腰将水池里的小女孩遮住，绝望地哭泣。）

儿子 我想去看看他，接着……

（在小男孩处响起了一声枪声。）

母亲 （尖叫一声，和大家都向小男孩处跑去，全场顿时乱成一片）孩子呀！我的孩子呀！（在一片嘈杂声中，仍能听到母亲在呼喊）快救救他！快救救他！

导演 （试图挤到人群中去，但小男孩已经被抬走）他怎么样了？受伤了吗？

（导演和倒在地上的父亲仍留在舞台上，其他的人都低语着走到天空的背景幕布后。片刻，他们又走了出来。）

女主角 （悲伤地从右边走出）可怜的小男孩，他真的死了！太可怕了！

男主角 （笑着从左边走出）骗人的，他没死！这种事情怎么能信呢。

其他演员 （从右边走出）没有骗人！他是真的死了，这是真的！

其他演员 （从左边走出）没死，这是骗人的！

父亲 （站起来，冲他们大喊）这是真的！没有骗人！（他带着绝望的表情下场。）

导演 （身心俱疲的样子）骗子！你们都是骗子，真该死！开灯！快开灯！

（一瞬间，台上台下都灯火通明。导演深深地吸了一口气，仿佛想要让自己清醒过来，演员们都茫然不解，面面相觑。）

导演 从来没听说过这种事情啊，他们浪费了我一天的时间。（抬手看表）今天就到这里，走吧！时间已经很晚了，我们现在什么都做不了了，重新排练我们原来那个戏的时间都没有了。晚上见吧！（演员们都纷纷离开。导演指挥电工）电工，把灯关了吧。（他的话音未落，剧院里的灯已全部熄灭，漆黑一片）天哪！喂，你怎么也得给我留盏灯吧，不然我怎么出去呀！

（灯光好像出了差错一样，一道绿光投射在舞台的背景上，除了小男孩和小女孩外，其他几个角色的样貌清晰地映了出来。导演看到这些，惊恐万分，急忙跑下场去。这时，一切又都消失了，剧院恢复了正常，舞台上亮起夜间专用的蓝灯。这时，儿子从天空背景的右侧出来，后面是伸出双臂跟着儿子的母亲；父亲则从背景的左侧出来，他们的动作都很缓慢，来到舞台的中央，像是在梦幻中。接着，继女也从右侧的背景走出来，跑向舞台的楼梯，在楼梯的第一级台阶停住。她回头看了看舞台中央的三个人，接着大笑着冲下了舞台。经过通道时她又停下来，尖声大笑着回头看舞台上的人，最终消失在黑暗中。她的尖笑声远远地在空中回荡，不久，幕布落下。）

——剧终

亨利四世

（三幕剧）

剧中人物

亨利四世

玛蒂尔黛·史彼纳侯爵夫人

芙丽达——侯爵夫人之女

年轻的卡尔洛·狄·诺里侯爵

蒂托·贝克莱迪男爵

迪奥尼西奥·捷诺尼医生

四名假扮的枢密顾问

第一名兰道夫（洛洛）

第二名阿里亚尔多（弗朗科）

第三名奥杜夫（莫莫）

第四名白托尔多（菲诺）

乔万尼老仆人

两名穿制服的卫士

在现代风格的翁布里亚大区乡下的一所僻静的别墅里面。

注：考虑到剧情的迅速展开，在演出时不妨省略第一幕中标上〔　〕的一段台词。

第一幕

〔一间装饰格调非常精致严谨的别墅大厅，就是戈斯拉尔皇帝亨利四世的王座大厅的翻版。厅内摆设布置古色古香，正面的墙上挂着两幅尺寸和真人一样大小的现代油画肖像，位置比周边墙壁上的木制护壁板稍微高一些（护壁板是比较宽的，位置较高，像一条长凳那样，能够让人坐在上面），分别布置在王座的左右两边，王座布置在正面墙壁的正中位置，把护壁板一分二。王座由一张皇帝的龙椅及一顶垂帽很低的华盖构成。那两幅油画肖像上分别画了一位青年的绅士和一位青春洋溢的淑女，他们身着狂欢节的华服，分别是扮成"亨利四世"和"玛蒂尔黛·狄·托斯卡那"的角色。在大厅的左右两边各有一个出口。

〔幕启时分，两名卫士从护壁板上慌慌张张地纵身一跃，跑到王座两边站立着，像两个木头人一样手持长戟站在两旁。没过多久，从右边的第二扇门里走出四位青年，分别是阿里亚尔多、兰道夫、奥杜夫和白托尔多。他们是卡尔洛·狄·诺里侯爵雇用的，安排他们假扮成亨利四世皇宫内那些出身于卑微贵族的侍臣，他们是皇帝的

"枢密顾问官"。最后出来的是白托尔多，他本名叫菲诺，这是他第一次来参与角色扮演。那三个同伴一边跟他讲解基本的情况，一边找他取些乐子。整个场面表演得非常生动活泼。

兰道夫　（向白托尔多讲解）这是王座的大殿。

阿里亚尔多　在戈斯拉尔！

奥杜夫　如果你愿意，就算在哈尔茨城堡！

阿里亚尔多　也可以说是在沃尔姆斯！

兰道夫　随着演出的故事情节，你会跟着我们一起起舞吧，一会儿往这边，一会儿往那边。

奥杜夫　在萨克森！

阿里亚尔多　在伦巴第！

兰道夫　在莱茵河畔！

两卫士之一　（严肃地，嘴唇轻轻地嘟起）嘘！嘘！

阿里亚尔多　（转身面对那个发声者）发生什么事了？

第一个卫士　（保持着木头人那一动不动的姿势,低声问）他还没来吗？

奥杜夫　还没有，没来。他还在酣睡呢，你们去躺着吧。

第二个卫士　（和首先那个卫士一同发出叹气声，跑到护壁板那边又躺下了）唉，英明的主啊，应该提前向我们报个信啊！

第一个卫士　（走近阿里亚尔多）来给个火。

兰道夫　喂，禁止在此吸烟啊！

第一个卫士　（阿里亚尔多还是递了一根燃气的火柴过去）不，我得抽一根烟。（他点燃香烟，叼着烟躺到护壁板上。）

白托尔多　（警觉而迷茫地观察四周，扫视了一遍大厅，最后看到了自己和同伴们身上的着装）但是，天啊！请原谅我……在这样的大厅内，穿着这样的服装，到底是哪个亨利四世啊？我根本就没弄明白，难道这是法国的亨利四世？

（听到这句反问，兰道夫、阿里亚尔多和奥杜夫一起哄堂大笑。）

兰道夫　（大笑着向那两个同样大笑着的同伴指了指白托尔多，暗示他们继续开开他的玩笑）他竟然说是法国的亨利四世！

奥杜夫　（同前）他怎么会认为是法国的亨利四世！

阿里亚尔多　我的伙计啊，那是德国的亨利四世！可不是法国萨利王朝的亨利四世！

奥杜夫　一位伟大而不幸的君王！

兰道夫　就是那位在卡诺萨城堡丢脸的皇帝！我们天天在此参与一场政府与教会之间的恐怖异常的斗争。呵呵！

奥杜夫　呵！朝廷与教廷敌对！

阿里亚尔多　篡位的教皇敌视正统的教皇！

兰道夫　正统的君主反对篡位的君主！

奥杜夫　还有镇压萨克森人的战斗！

阿里亚尔多　还有皇亲国戚的叛乱！

兰道夫　反抗君主的亲生的王子！

白托尔多　（听到这些喋喋不休的讲解后，他把头紧紧地用手捧住）我现在弄清楚了！现在我弄清楚了！难怪在我刚进入这大厅时，看到我们这些奇装异服，我就搞晕了！原来这还是公元1500年时候的服饰啊，我这次没说错吧。

阿里亚尔多　谁说是1500年啊！

奥杜夫　此时此刻，我们身处之地是在公元1000年至公元1100年之间啊！

兰道夫 你自己算算账吧！如果我们是在 1071 年 1 月 25 日站在卡诺萨城堡前面……

白托尔多 （更加慌乱）噢，我的天哪，那就一切都是白搭了！

奥杜夫 结果就是这样！如果你认为是在法国王朝的话！

白托尔多 那我准备的那些关于历史的知识都只能作废了……

奥杜夫 你把我们想得整整晚了 400 年！你在我们眼里简直就是一个小孩子。

白托尔多 （气呼呼地）看在圣明的主的面上，你们应该早就告诉我他是德国的亨利四世，而不是法国的呀！在我提前准备的这 15 天里，天知道我到底翻阅了多少本书啊！

阿里亚尔多 那么我问你，难道你之前一点也不知道那可怜的蒂托在这里边担任不来梅的阿达贝尔多的那个角色吗？

白托尔多 哪个阿达贝尔多啊？我一概不知！

兰道夫 不知晓吗？那我告诉你，是这么一档子事：蒂托死了，狄·诺里小侯爵就……

白托尔多 就是他，小侯爵！他应该告诉我的……

阿里亚尔多 也许他以为你早先就听说了！

兰道夫 小侯爵原本是没计划请人来接替蒂托的，他觉得只剩下我们三个人就足够了。可是当他一呼叫："阿达贝尔多被赶走了。"（因为他不认为蒂托已经死了，而只是觉得他作为阿达贝尔多的主教，一定是被那些来自科隆和马贡查的仇视他的其他的主教们排挤出宫去了。）

白托尔多 （用手捂住头）关于你说的这件事，我没有听到任何的风声！

奥杜夫　哦，那可有点糟糕，我亲爱的。

阿里亚尔多　最糟糕的是就算是我们都不知道你到底是谁。

白托尔多　难道你们都不知道？你们都不知道我应该扮演哪个角色吗？

奥杜夫　呵呵，不就是扮演"白托尔多"吗？

白托尔多　但是，白托尔多又是谁啊？为什么会出现白托尔多这个人物呢？

兰道夫　"他们把阿达贝尔多从我宫内撵走了吗？那把白托尔多给我找来！"——他刚开始这样大喊大叫。

阿里亚尔多　我们三个人知道之后都觉得莫名其妙：这个白托尔多到底什么来头呢？

奥杜夫　你就是白托尔多啊，我亲爱的伙计。

兰道夫　你担当的可是一个绝妙无比的角色！

白托尔多　（抗议并打算离去）不，我才不想干呢！谢谢你们，我走了！我走了！

阿里亚尔多　（赶紧与奥杜夫笑着留住他）不要走啊，不要生气，不要生气。

奥杜夫　反正在那个寓言故事里的白托尔多不是你本人啊。

兰道夫　你不要为这个担忧，其实我们和你一样不知道自己是谁。他是阿里亚尔多，他是奥杜夫，我是兰道夫……因为这是他对我们的称呼，这样我们也慢慢习惯了。但我们到底是谁呢？——这些都不过是一时的称谓罢了！——所以你也就有个这样临时的称呼：白托尔多。而且我们之间只有一个人得到过一个像样的角色，就是那个可怜的蒂托，他的那个角色可在历史书上查到：就是不来梅的主教。可怜的蒂托，还真的和威风凛凛的主教有几分相像。

阿里亚尔多 的确是这样，他在演出前还认真地查阅了一些书本。

兰道夫 他甚至能命令皇帝殿下，几乎用监护人和顾问的身份来钳制他，给他一些引导建议。虽然我们同样是"枢密顾问"，但都是些东郭先生罢了；因为历史这样写道：因为有一批社会底层的青年围绕着他，以他为核心，所以亨利四世招来了一大群上层贵族的嫉妒与愤恨。

奥杜夫 而那些青年就是我们。

兰道夫 当然，我们就是皇帝的小小奴仆，得忠贞不贰，带点儿放荡，开心……

白托尔多 我是不是还要做出很开心的样子来？

阿里亚尔多 你说对啦，就像我们这样，不能是其他的样子啊！

奥杜夫 这也不简单呢，明白吗？

兰道夫 真是遗憾啊！因为摆在我们眼前的这些布置和我们身上的服装，都是现在剧院上演最豪华的历史大戏时才会出现的呢。说实话，亨利四世的这个遭遇提供的那些素材岂止写一部悲剧啊，足够编出好几部悲剧了。但是我们几个呢，四个人都站在这儿，而那两个浑球（指着两个卫士们）待在那边。一旦他们直挺挺地肃立在王座边上，我们就只能一副无所事事的样子，根本不会得到别人的指点，也不会有人告诉我们该如何去表演。我怎么描述才好呢？我们就是拥有一副华丽的皮囊，而皮囊内就空空如也！——我们比真正的亨利四世时代的枢密顾问的处境好不到哪里去。因为他们也许和我们一样，没有人教他们如何去扮演某种角色，但是他们至少不会有那种需要演戏的压迫感。而实际上他们却在演出，只是他们扮演的不是戏中角色，而是在演着自己的人生。他们损人利己，卖官鬻爵，做出一些见不得人的勾当。可是我们几个呢？装扮一新地麻木地待在这金碧辉煌的宫殿里……有什么可做的呢？无所事事……就像挂在墙上的六个木偶，就等着有人去拿过来好好地拨弄一番，要么逗逗它们说说话，找找乐子。

阿里亚尔多 噢，对不起，我亲爱的，不能这样的！必须要恰到好处地对答！要善于顺从！如果他和你讲话时，你还心慌意乱没去回答一些他喜欢听的话，那你就要倒大霉了。

兰道夫 是的，就是如此，的确，的确如此！

白托尔多 废话！我怎么能恰到好处地去回答他的话呢？因为之前所做的所有准备都是针对法国的亨利四世的啊，没想到半路杀出个德国亨利四世！

（兰道夫、奥杜夫、阿里亚尔多一起笑了起来。）

阿里亚尔多 哦，你赶紧转变过来，要抓紧点儿！

奥杜夫 不要太急，我们会帮你忙的。

阿里亚尔多 我们有许多关于他的书本资料，你之前去看一遍应该就能应付了。

奥杜夫 你应该大致了解一些情况……

阿里亚尔多 你瞧（示意他转身，对着他指了指他背后的墙上玛蒂尔黛侯爵夫人的油画肖像），比如说啊，那是谁呢？

白托尔多 （盯着那油画）这是谁？哦，请原谅，我一看到这个就感觉很不搭调，因为给人的感觉是两幅很现代的油画混在一堆令人敬仰的古董里面。

阿里亚尔多　你说对了。因为这里原本是没有这两幅油画的，而是两个壁龛。壁龛现在被画遮在了后边，而原本那壁龛里边应该是放着两尊那个时代风格的雕像。但是现在没放雕像，就用两幅油画把空的地方遮盖了起来。

兰道夫　（打断他的话，接着说）那个要真是油画的话，当然完全不搭调了。

白托尔多　难道不是吗，那是什么啊？

兰道夫　是油画呢，你去摸一下：还真的是油画。但是对他来说，（神秘兮兮地往右边指了指，意思是说亨利四世）却是不能去碰的……

白托尔多　真不能碰？那么他是怎么看的？

兰道夫　好的，让我来解释一下，请听好了！我认为无论如何他都是对的。因为那两幅油画就像是两个影子。就像一面镜子里面出现的影子，你们听明白了吗？这一幅（他指着亨利四世的肖像画）代表他像本人，就像是活人一样把守着这大殿；而她（指着那幅女的肖像画）也明显就是那个时代的影子。请问，你觉得奇怪吗？试想一下，当你站在一面镜子的面前，难道显现在你眼前的不是一个身着古装、活灵活现、现代的你本人吗？所以这两幅油画就好像是两面镜子一样，它们反映出的是那个时代的活着的人的影子——你不必担忧——因为你和我们生活在一起，那个时代将在你的眼前逐步复活过来。

白托尔多　算了吧，你们给我听清楚，我可绝不待在这成为疯子！

阿里亚尔多　不会成为疯子的！是去寻找乐子呢！

白托尔多　哦，我纳闷的是，是什么原因让你们都拥有渊博的学识呢？

兰道夫　哦！亲爱的，如果是盲目无知的话，怎么能让历史倒回 800 年呢！

阿里亚尔多　去吧，去吧！你将看到自己很快会被我们吸引住。

奥杜夫　你也将在这个学堂里成为学识渊博之士。

白托尔多　好啊！请你们赶快帮帮我吧！至少让我了解下主要情况。

阿里亚尔多　你听我们慢慢跟你说吧，细枝末节都讲给你听……

兰道夫　我们会替你系上线绳，把你调教得就好像一个彬彬有礼的、谦和文雅的超级木偶。我们过去吧，走吧。（他们胳臂挽着胳臂，带着他走开了。）

白托尔多　（忽然停在了那，盯着墙上的肖像画）请等一下！你们还没有把另外的那位女士介绍给我呢，那是皇后吗？

阿里亚尔多　不是的。皇后是贝尔塔·狄·苏萨，她是萨伏亚的阿梅德奥二世的妹妹。

奥杜夫　皇帝喜欢和我们一起做个自由自在的年轻人，他不能容忍他妻子，打算休掉她。

兰道夫　而这位则是他最棘手的敌人：托斯卡那的玛蒂尔黛侯爵夫人。

白托尔多　哦，我明白了，她曾接过教皇的圣驾。

兰道夫　是的，在卡诺萨。

奥杜夫　是格里戈利七世教皇。

阿里亚尔多　可怕的魔鬼！我们走吧，走吧！

〔他们四人走向刚开始进来的右边的门，打算出去，这时老男仆乔万尼穿着燕尾服，突然从左边的门口冒出来。

乔万尼 （焦急而紧张地说）嘿，不要走！弗朗科！洛洛！

阿里亚尔多 （停下来转过身）你找我们有事吗？

白托尔多 （看见他竟然穿着燕尾服来到大殿里边，感到很惊讶）天啊！这又是什么情况？他怎么进来了？

兰道夫 20世纪的现代人，赶紧滚出去！（然后他们几个做出一副装腔作势的样子朝他跑过去，想赶走他。）

奥杜夫 格里戈利七世的奴仆，滚蛋吧！

阿里亚尔多 快滚！滚！

乔万尼 （做出自卫之状，满脸的厌烦）你把这套鬼把戏收起来吧！

奥杜夫 不要在这里！你不能出现在这个地方！

阿里亚尔多 快出去！出去！

兰道夫 （和白托尔多说）你要清楚这是妖术！是罗马的巫师把魔鬼召唤出来了！快点，拔出你的剑来！（他自己同时也拔出剑来。）

乔万尼 （大声地呼喊）你们都听我讲，不要胡闹了！你们不要在我面前装疯了！侯爵先生现在陪着客人们过来了……

兰道夫 （揉揉手）啊！太好了！有女士过来吗？

奥杜夫 （同前）是老太太，还是年轻的女郎。

乔万尼 是两位男士吧。

阿里亚尔多 我是问有没有女士，都是哪些女士？

乔万尼 是侯爵夫人和她的女儿。

兰道夫 （表情很诡异地）嘿，到底什么情况？

奥杜夫 （同前）你是说侯爵夫人会来这里吗？

乔万尼　侯爵夫人！侯爵夫人！

阿里亚尔多　那么那两个男士是什么人呢？

乔万尼　我不清楚。

阿里亚尔多　（面对白托尔多）他们是来告诉我们如何演戏的，你知道吗？

奥杜夫　他们几乎都是格里戈利七世的奴仆。这下可就有好戏看了！

乔万尼　你们还要不要听我讲？

阿里亚尔多　讲吧！讲吧！

乔万尼　那两位男士中好像有一位是医生。

兰道夫　噢，我们清楚了，应该就是那些常来的医生中的一位吧，算了！

阿里亚尔多　白托尔多，你真不赖！给我们带来了好运！

兰道夫　你马上就能看到我们是如何去戏弄这位医生大人的！

白托尔多　我估计有不少麻烦事会找上我了。

乔万尼　你们听我讲！他们马上就会出现在这间大殿里面。

兰道夫　（惊慌地）你刚才说什么！是她吗？是侯爵夫人会来我们这里吗？

阿里亚尔多　我猜，肯定有新戏上演了！

兰道夫　肯定是一场悲剧！

白托尔多　（饶有兴趣地）为什么呢？为什么？

奥杜夫　（指了下肖像画）画里那人就是她，你还不知道为什么吗？

兰道夫　她女儿就是侯爵未过门的妻子。

阿里亚尔多　但是他们来这干吗？鬼晓得出了什么事？

奥杜夫　如果让他看到夫人的话，那可就会出大事了！

兰道夫　也许他已经把她忘得一干二净了！

乔万尼　如果他醒过来了，你们得把他牢牢地留在那边。

奥杜夫　是吗？你没个正经吧？这怎么行得通呢？

阿里亚尔多　你还不明白他的为人！

乔万尼　给主几分面子吧，请你们一定牢牢看住他！——他们是这样跟我讲的！你们去吧，快过去吧！

阿里亚尔多　马上，马上去，他可能都已经醒过来了！

奥杜夫　我们去吧！走！

兰道夫　但是事后你还是得和我们好好地解释清楚啊！

乔万尼　（在他们后边喊着）记得把那道门关好，把钥匙藏起来！别忘了还要锁上另外那道门，记得藏好钥匙！（他指了指右边的那个出口。）

　　（兰道夫、阿里亚尔多和奥杜夫从右边的第二道门出去了。）

乔万尼　（朝着两名卫士）你也走吧，去吧！从那里出来！（指着右边的第一道门）记得把门锁好，把钥匙带走！

　　（两个卫士从右边第一道门走了出去。乔万尼则去左边的门那边把狄·诺里侯爵引了进来。）

狄·诺里　你都安排妥当了吗？

乔万尼　没问题，侯爵先生，请您放心。

　　〔狄·诺里侯爵走到外边，把其他的几个人带了进来。走在最前面的是蒂托·贝克莱迪男爵和迪奥尼西奥·捷诺尼医生，紧跟着的是玛蒂尔黛·史彼纳侯爵夫人和芙丽达侯爵小姐。乔万尼向他们鞠躬请安，随即就离开了。玛蒂尔黛·史彼纳侯爵夫人45岁左右，徐娘半老，但风韵犹存，但那岁月催人老的痕迹还是没有被她那种浓艳但手法精巧的妆容给掩饰好，还是能让人一眼就看出个所以然来。她昂着那高贵的头，就如同自己是华尔奎莉①一样。在她那副庄重而妖艳的整体打扮中，那张过分美丽而又浸满苦情的嘴是那么惹人注意。她寡居多年，而蒂托·贝克莱迪男爵是她的老情人，只是表面看来，不管是她自己还是她身边的人，都不把这种关系当回事儿。只有蒂托·贝克莱迪男爵清楚在她心目中自己占据什么样的地位，但是她假装不去理睬他的想法，对此他只能无奈地接受。当侯爵夫人在公共场合拿自己当笑料的时候，他也一笑了之。他整个人精瘦，头发也过早地染上岁月的白霜，年龄比她稍小，肩上顶着一颗像鸟一样的古怪的脑袋。他总是喜欢用一种拖拉的、鼻音很重的怪腔调讲话，让人觉得他就像是个无精打采的阿拉伯人一般懒怠，所以他那敏捷雄健（这种敏捷让他看上去就像是个恐怖的剑客）深藏不露。

（芙丽达，是侯爵夫人的美丽女儿，才19岁。她在这个脾气专横而浓妆艳抹的母亲的照耀之下，显得黯淡无光。她自己为母亲的这种光彩照耀感到非常委屈，因为母亲为此招来的风言风语不仅仅伤害了她母亲，对她的伤害更大。现在，她很幸运地和卡尔洛·狄·诺里侯爵订了婚。他是一个呆板传统的小伙子，为人纯朴，性格内向。他相信天生我材必有用，只是苦苦找寻不到自己的出路。他总是被压在那些他自以为不得不做的一些事情下，常常被弄得喘不过气来；其他人能开开心心地交往，但他却

---

①华尔奎莉，是北欧神话中的一个高贵美丽的女神，是战死的英雄们进天堂饮宴的引导者。

总是闷闷不乐，不是他自己不愿意去那样，而是他根本就做不到。加上母亲刚去世，他还重孝在身。）

（迪奥尼西奥·捷诺尼医生则长着一张色眯眯的、红扑扑的看上去就恬不知耻的漂亮面孔，那双眼睛顾盼生辉，下巴上有一撮利索的短胡子，神采飞扬，风度翩翩，可惜的是他的头顶几乎是寸草不生。）

〔他们（狄·诺里除外）心惊胆战地揣着恐惧移步进来，充满好奇地打量着大殿周边，于是一阵议论声窸窸窣窣地响了起来。

贝克莱迪　哈哈，真是金碧辉煌！金碧辉煌！

医生　真是有趣！这些在想象中的场景竟然能这么逼真地布置出来了！真是太美了，真的，太美了！

玛蒂尔黛夫人　（她的目光在四处流转，正寻找自己的画像，找到后就靠了过去）天啊，它挂在这！（她站在一个适合的距离盯着画像看，一种莫名其妙的感觉在心里涌起）真的是它，天啊……啊，这是真的，快来看哪……我的天……（她呼唤女儿）芙丽达，芙丽达，你过来……

芙丽达　哟，这画的人是你吗？

玛蒂尔黛夫人　不是的！你看下，那个不是我：那是你啊！

狄·诺里　是的，就是这样的吧？我以前就提起过。

玛蒂尔黛夫人　但是我可从不把那件事当作真的啊！（就像一股冷气透过背脊，让她浑身战栗）他啊，这到底意味着什么！（然后转过身看着她女儿）芙丽达，你怎么看待这件事？（把她女儿拉过去，用一只手臂搂住她的腰肢）你过来！你难道不能从那上面的我的画像里看出那个人是你吗？

芙丽达　没有！我没有，真的看不出……

玛蒂尔黛夫人　(转身看着贝克莱迪)您看看，蒂托，您说说看！

贝克莱迪　唉，不，我不需要看！我早就知道不可能相像的！

玛蒂尔黛夫人　真是呆子！您以为说这样的话就是亲近我了吗！(又
　　转向捷诺尼医生)医生，您怎么看呢？

　　(医生凑过去看看。)

贝克莱迪　(背着身用神秘的语调好像提醒医生说)嘘！医生，您最好
　　闭嘴，不要理会她！

医生　(茫然无奈地笑着)我为什么不给她一个答案呢？

玛蒂尔黛夫人　您不要理睬他！请过来吧！实在是让人不能忍受！

芙丽达　您难道不清楚他就是十足的笨蛋！

贝克莱迪　(看到医生过去了，就跟他讲)小心您的脚，小心您脚下，
　　医生！脚下！

医生　脚？怎么了？

贝克莱迪　您脚上套了双铁鞋。

医生　您说我？

贝克莱迪　是啊，医生先生，您碰到了四只水晶小脚了。

医生　(高声笑道)不会的！再说女儿和母亲相像——我觉得是一件
　　再正常不过的事了……

贝克莱迪　您会有大麻烦了！这可是句真话！

玛蒂尔黛夫人　(气呼呼地朝贝克莱迪走过去)为什么会有麻烦？怎么
　　回事？您说为什么？

医生　(直言不讳地)难道不是这样吗？

贝克莱迪　(向侯爵夫人答话)他说再正常不过了，但您却如此惊奇。

那么，这又是为什么呢？请您想想，您觉得这符合常理吗？

玛蒂尔黛夫人 （更加气愤）笨蛋！笨蛋！这就是最合情合理的答案了！那里不是我的女儿，（她指着画像）那就是我自己的画像！从哪里看出那上面是我女儿，而不是我本人啊，这就让我很惊讶。请相信我的惊讶是真实的感受，并且我绝不同意你们怀疑我的真实情感！

（在一阵侯爵夫人的狂风暴雨般的愤怒之后，场面十分尴尬，大家静默了片刻。）

芙丽达 （不满地轻轻嘀咕着）我的天啊，为什么总是如此……为那么点微不足道的事喋喋不休。

贝克莱迪 （轻声细语地，用一种犯了错的口气说着，那神情就像一条丧家之犬）我对你没有任何怀疑。我观察到，从刚开始起，你就对你母亲的惊讶不安毫无表情；也许是你母亲说那画像上的人和你相似，你也感到很意外。

玛蒂尔黛夫人 是的！她为何不能从那个当年与她年纪相仿的我身上找到她自己？但是我却能从眼前的她身上找寻到年轻时的我呢？

医生 您说得非常对！因为对一幅画像来说，它只能永久地停留在那个被凝结了的亘古不变的瞬间中；但是对于侯爵小姐而言，它显得那么遥远又陌生，并且没有记忆的落脚点；但是它却能勾起侯爵夫人很多的回忆！行为、举止、眼神、笑容等很多那上面没有展现的东西……

玛蒂尔黛夫人 是的，您说得一点儿也没错！

医生 （面对着她继续说着）您一看到您的女儿，当然这些东西就好像都借体还魂了一样。

玛蒂尔黛夫人　但是只要我的内心有一点点的波澜和冲动时，他总是会来浇冷水。让我痛苦，他就能得到快乐。

医生　（没有认真听她的话，还是用那文绉绉的腔调跟贝克莱迪说着）亲爱的男爵先生，我觉得差异性的事情之间也是能产生相似性的，可以这样去分析这个理论……

贝克莱迪　（打断他的这种说教式谈话）也许还有人能从我俩身上找到相似之处呢，尊敬的大教授！

狄·诺里　我们还是离开这吧！我请你们都走吧（他朝右边的两道门指了指，告诉他们那边的人能听见）我们一进来就开始大吵大闹，实在太大声了。

芙丽达　就是啊！还不是因为他在场……（指贝克莱迪）

玛蒂尔黛夫人　（接住她的话）所以，我很反感他出现在这儿！

贝克莱迪　可是您又在背地里暗暗地嘲笑我！真是恩将仇报！

狄·诺里　蒂托，请你不要说了！医生在这里呢！我们是因为一件很正式严肃的事来到这里的，你要清楚，我是多么着急。

医生　这样吧，首先我们先来查明一些情况。侯爵夫人，您知道这张画像为什么会挂在这里吗？是您赠送给他的吗？

玛蒂尔黛夫人　不，没有。我找什么理由送一幅肖像画给他呢？那时候的我才只有芙丽达那么大，我又不是他的未婚妻。其实在发生那件灾祸事件以后的第三四年，我禁不住他母亲（指狄·诺里）的再三的苦心哀求，那我怎么会把画像给她呢？

医生　她是他姐姐，对吗？（用手指了下右边的门，说的是亨利四世。）

狄·诺里　是的，医生。我今天到这里来就是为了兑现我对母亲的一项承诺。她已经去世差不多一个月了。我和她（指芙丽达）本应去长途旅行的，不应出现在这里……

医生　我明白了，你们应该把精力放在自己的事情上！

狄·诺里　唉！但是我母亲直到弥留之际还坚信她的这位宝贝弟弟在不久的将来能够康复痊愈。

医生　您可以告诉我究竟是什么原因吗？您母亲是根据什么表征下这个结论的呢？

狄·诺里　好像是因为在母亲去世前不久，他俩进行了一次很不寻常的谈话。

医生　一次谈话？原来如此……原来是这么回事……不好！那么我们必须得想办法知道他们谈了什么，那可是非常有用的东西，非常有用。

狄·诺里　唉，我也不知道谈的到底是什么内容。我只是记得那时候妈妈是最后一次去探望他，回来时表情凄惨忧郁；因为她觉得他好像知道死神即将降临在他的这位老姐姐身上一样，所以那次他表现得特别亲热。妈妈在临终的最后时分，要我向她承诺绝对不能敷衍他，要常常来探望他，要为他找医生坚持诊疗……

医生　原来如此，很好。常常就是这些细枝末节的缘由……那么，先让我们一起来看看这幅肖像画吧……

玛蒂尔黛夫人　啊，天啊！医生，我不赞同大家把注意力都集中在这幅画像上面。它让我激动不已，是因为我很多年没有看到它。

医生　请不要激动……

狄·诺里　就是啊！它可在这里挂了超过15年了……

玛蒂尔黛夫人　实际的年头还要久得多呢！至少超出了 18 年！

医生　请你们原谅，我想你们还不是很清楚我问这个问题的目的。我为什么会对这幅画寄予了这么大的希望呢？因为我猜想这幅画是在那次非常不幸的有名的骑马出游之前画的吧，我说的是吗？

玛蒂尔黛夫人　是的，就是这样！

医生　那么在他头脑清醒的正常时间里——请注意，我是说在那些正常的日子——他有没有建议夫人去画像呢？

玛蒂尔黛夫人　不是他建议的，医生！那是因为留个纪念才画的，那次参与骑马出游的很多人都画了一张。

贝克莱迪　那次我也叫人弄了一张，我扮演的人物是"卡尔洛·丹乔"。

玛蒂尔黛夫人　那时的角色服装才刚好全部凑齐。

贝克莱迪　请您注意听，那时候是有人提议说把所有的画像当作纪念品陈列在别墅的客厅中间，就好像是在画廊展示一样；然后我们就去这别墅的周边骑马出游去了。只是到了最后，每个人还是想把自己的画像拿来自己收藏。

玛蒂尔黛夫人　只是我的那幅，但我早和您说了，我之所以这么大大方方地送了人，那是因为他（指狄·诺里）母亲苦苦哀求……

医生　您肯定不会觉得是他想要您的画像吧？

玛蒂尔黛夫人　啊，我当然不知道！有可能吧……也许他那个性情温和的姐姐听从了他的想法……

医生　我还要问一个问题！还问一个！那次骑马出游的主意是他出的吗？

贝克莱迪　（赶紧说）不是的，不是。是我啊！我！

医生　请您继续……

玛蒂尔黛夫人　不要相信他说的，那是可怜的贝拉西的想法。

贝克莱迪　绝不是贝拉西!

玛蒂尔黛夫人　（面向医生）贝拉西公爵，那个可怜的人只过了两三
　　个月后就去世了。

贝克莱迪　但那时候现场根本就没有贝拉西……

狄·诺里　（很反感又招起一场新的吵闹）医生，请原谅，您难道必须
　　要查出那是谁的主意吗?

医生　嗯，是啊，这也许就是我想要的……

贝克莱迪　那真的是我的主意啊! 天啊，你们不觉得那是个多美妙
　　的想法吗? 不好意思，只是因为在后来发生了那件不幸的事情，
　　我不应该引以为豪的。

医生　您听着，事情是这样的——我对当时的情形还记得十分清
　　楚——那是九月初的一个黄昏，我当时在沙龙吧里随便看着一
　　本德文的画刊（当然我只看看上面的图画，因为我对德文一窍不
　　通），看见上面有一幅画，画上是一个皇帝，他在不知名的大学
　　里当学生。

医生　是在波恩，是波恩。

贝克莱迪　没错! 是在波恩。看到他骑在马上，身着一件老式的式
　　样古怪的德国学生旧式服饰，身边簇拥着一群贵族学生;所有
　　人都在马上，盛装打扮。通过这幅画，我找到了灵感。您应该
　　知道，因为我们沙龙计划在狂欢节那天举办一次非常隆重的化
　　装晚会。于是我就建议我们组成一支古老的马队出游。什么样
　　的古老? 其实就是乱七八糟的，里面的每个人都会扮演一个特

定的历史人物，可以是国王或者皇帝，也可以是王子，还能把
自己的贵妃王后带在身边，这些人也要全部骑着马，当时马上
就装饰上各种鞍辔。大家赞同我的想法。

玛蒂尔黛夫人　其实是贝拉西给我发来的邀请。

贝克莱迪　假如他和您说是他想的这个主意，那是剽窃，我告诉您吧，
那天晚上在沙龙的时候，我才提出自己的想法，而那时候他根
本就不在那儿，而且，他（指亨利四世）也没在！

医生　那么，他为什么会扮演亨利四世这个历史人物呢？

玛蒂尔黛夫人　因为当时我毫不犹豫地选择了一个和我名字一样的
角色。我还告诉他我打算扮演玛蒂尔黛·狄·托斯卡那。

医生　哦……我还是不清楚这两个人之间有什么关系。

玛蒂尔黛夫人　唉，谁弄得清啊！刚开始我也不清楚，但当时我听
见他跟我说，他将会是那个在卡诺萨城堡拜倒在我脚下的亨利
四世。当然，我知道卡诺萨城堡，但说实在的，我对那段真实
的历史情节不是很清楚。但为了演好我的那个角色而去翻读历
史时，我才知道扮演的角色是教皇格里戈利七世最忠实最激进
的盟友，一起与德国的皇帝进行着殊死搏斗。当时我才知道原
来我扮演的角色与亨利四世是水火不容的仇人，而他选择亨利
四世这个角色，只是为了在马队中能和我挨得近一些。医生啊！
也许是……

贝克莱迪　医生，那是因为当时的他在努力地讨好她，而她（指侯爵
夫人）当然是……

玛蒂尔黛夫人　（愤怒地针尖对麦芒）就是当然地！当然，没有什么
比这个更当然的了！

贝克莱迪 （指着她）是这么回事：他的很多行为让她无法忍受。

玛蒂尔黛夫人　这可不是真相！因为我根本就不是很讨厌他。刚好相反！对我来说，在乎的是那个人是不是真情实意地在做……

贝克莱迪 （继续着）他当着她的面表现出了很多露骨的愚昧的行为！

玛蒂尔黛夫人　没有，亲爱的！假如是这种场合，绝不会发生。因为他和您不一样，他还有一点点聪明之处。

贝克莱迪　我的真情实意从未被人理解过。

玛蒂尔黛夫人　我很明白这一点。但对于他，我可没有开玩笑！（她改变了语气，对医生说）亲爱的医生，我们女人的一生会有很多的不幸，有一种不幸就是有时会碰到一双饱含深情的眼睛，它凝视着你，仿佛要与你天长地久！（大声笑着）这是太荒唐了。倘若男人用这种带有"永恒"意味的眸子凝视你的话……我一般会用一笑了之作为回答。而在那时——说真的，在二十多年之后的今天我终于可以畅所欲言地说真话了——当时我朝他大笑时，我所感受的是一种前所未有的害怕。因为那是从我应当去相信那双眼睛里流淌出来的爱情。后果将无法想象！

医生 （满怀期待地，极其专注地）还有过这样的故事，真的让我感兴趣。后果真的会不可想象吗?

玛蒂尔黛夫人 （傲慢地）因为他是异乎寻常的人！但是我却又是那样的……不，我真有点儿那个……还不仅仅是有一点儿，说真的，（寻找一个没那么沉重的词）是有点惊恐困窘，是这样的，看到他那种明确的态度，像熊熊烈焰一般狂热的感情，我惊恐不安——您要明白，那时我还是个小姑娘，还是个不经世的小女子：我自己应该狠心地把这一切压制住——但是这需要勇气，而且我并没有这样做。我还是习惯性地对着他大笑，没多久我就对自己感到后悔，并且很痛苦，也很鄙视我自己的行为，因为我发现在场的很多人也随着我大声地嘲笑着他，那么愚昧地嘲笑着他。

贝克莱迪　可能和嘲笑我一样吧。

玛蒂尔黛夫人　您常常摆出一副看上去就很假的可怜兮兮的谦恭的模样来让人嘲笑您，但亲爱的，他不同，他与您恰恰相反！迥然不同！——何况，大家都当着您的面开您的玩笑！

贝克莱迪　嘿，我觉得，这比被人在背后耻笑要好一点。

医生　说正事吧！还是来说正事吧！——那么，在我看来，他清楚了具体情况之后，肯定异常激动吧！

贝克莱迪　没错，医生，只是他表现出来的方式就非常奇怪了。

医生　具体表现出什么呢？

贝克莱迪　我觉得吧，那是一种沉默的……

玛蒂尔黛夫人　根本就不是沉默！医生，是这么回事，当然啊，还是很奇怪的，因为以前的他非常活跃，那时候就一反常态！

贝克莱迪　我是说他在克制那种激动。但实际的事实是，他的情绪常常会莫名地激动起来。但我敢肯定，医生，他立刻就发现了自己的那些冲动行为。所以我感觉他是在努力地克制那种内心真实的激动之情。我再说句多余的话：他肯定为这感到痛苦。因为他有时竟然会不知缘由地暴跳如雷。

玛蒂尔黛夫人　这是实话！

贝克莱迪　（向玛蒂尔黛夫人）你说这是为何？（向医生）——我觉得，那是他突然主动特意地去摆脱这种感情的纠缠——他当然知道自己的感情是真诚的，不含半点虚假——他把解脱当作一种合理的行为，这样就能把没有告白倾诉的勇气甩掉，只是感情一旦喷涌出来，就无法控制，就像覆水难收，于是他开始失魂落魄，行尸走肉一般不受自己控制。他所表现出来的那种魂不守舍、荒诞痴呆的表情……有时让人觉得非常荒唐可笑。

医生　那么，请你们告诉我，他性格孤僻古怪吗？

贝克莱迪　一点儿也没有！他和我们所有人待在一起！参加体操表演、舞会及慈善募捐演出会，他还是一个非常出色的乐队指挥。就好像是开玩笑一样！您不知道吧？他非常善于演戏呢。

狄·诺里　在他精神癫狂之后，就成了个技艺非常精湛的演员。

贝克莱迪　让我们讲讲缘由吧！请您试着想一下，当时他从马背上摔下去，刚发生灾祸的时候……

医生　他是摔到了后脖颈吗？

玛蒂尔黛夫人　是啊，那真的很吓人呢！他当时就在我的旁边。我看着他摔在了那腾空而起的马蹄下面……

贝克莱迪　刚开始，我们谁都没有意料到他会摔得那么严重。当然，马队在事情一发生就停了下来，出现了一会儿的混乱，大家都想看看发生了什么事，但那时他已经被抬到别墅里去了。

玛蒂尔黛夫人　您知道吗？当时没有任何伤痕，也没有流一滴血，像没发生一样！

贝克莱迪　大家都以为他只是暂时晕厥了……

玛蒂尔黛夫人　而且在两小时左右以后……

贝克莱迪　他已经可以起身了，又在别墅的客厅里面看到了他——我要说的正在此时……

玛蒂尔黛夫人　哎呀，我那时候一眼就看到他的脸色很差！

贝克莱迪　不是的！您不要这样说了！当时没有任何一个人发现他脸色不好，大夫，您知道吧。

玛蒂尔黛夫人　当然了！因为那时候你们所有的人都在疯癫一样地卖弄着！

贝克莱迪　所有人都带着几分嘲弄地演着自己扮演的人物，场面实在是太乱了。

玛蒂尔黛夫人　医生，您可以设想一下，如果当时有人发觉他一本正经地表演他的角色，那么会被吓成什么样子啊！

医生　哦，是吗？他当时也参与了吗？

贝克莱迪　是啊！他和我们一起表演着。我们都以为他没事了，就让他像我们一样参加表演……当然，他表演得比所有人都要好，毕竟——我和您讲过——他有过人的才华！只是，他看上去一点儿也不像是在闹着玩！

玛蒂尔黛夫人　有人按情节鞭打着他……

贝克莱迪　就在那时，他是一身戎装打扮的皇帝，他随即拔出宝剑朝两三个人刺杀过去。那一瞬间，所有人都被吓呆了。

玛蒂尔黛夫人　那个场面永远在我的脑海里，当时那些被浓妆抹盖的脸都吓得扭曲变形了，显得非常粗鄙；我们吓得傻傻地盯着他，而他那时候的脸已经没人认得了，像是戴了一张吓人的面具，但是比面具还更加吓人，因为那里显示出了一种癫狂的神态！

贝克莱迪　那就是真正的亨利四世！就是一个活生生的疯狂残暴的亨利四世！

玛蒂尔黛夫人　医生，我觉得，那次化装舞会疯狂的表演氛围深深地影响了他的理智；而且那种疯狂一直持续了一个多月。他无时无刻不把那些疯狂劲发泄在自己的行为中。

贝克莱迪　他对角色的研究锱铢必较，连一点细枝末节都不放过。

医生　嗯，产生这种病变是很容易的。因为摔倒后使颈部受了伤，这样就使那瞬间的疯狂变成了根深蒂固的幻觉，于是产生了精神失常。那种幻觉就不停地蔓延，长期下来就让人变成了痴呆，也可能让人变得狂暴。

贝克莱迪　（向芙丽达和狄·诺里）我最爱的孩子们，你们知道开了一个多大的玩笑吗？（向狄·诺里）你当时好像才四五岁，（向芙丽达）你母亲觉得你已经长得和那幅画上的人差不多大了，但是画中的人当时不知道你会出生。现在，我已满头白发；但画上的那个他（指着画像）——就么扑通一声。摔了一跤后，就永远陷在那里边出不来了：成了永远的亨利四世。

医生　（开始做出冥思苦想的模样，然后朝前张开手臂，这样能吸引别人注意到他，他要开始一番科学的说教了）先生们，请认真听，这就是……（此时右边的第一道门——就是和舞台前面最近的那扇门）被打开了，白托尔多火冒三丈地从门外冲了进来。

白托尔多　（迫不及待地）可以让我进来吗？请你们不要介意。（他猛地停住，因为他发现自己的出现让那些人惊恐不已。）

芙丽达　（尖叫一声，赶紧躲开）他啊！难道是他来了！

玛蒂尔黛夫人　（惊恐地后退了一步，赶紧举起一只手臂挡住眼睛不敢看他）真的是他吗？是他吗？

狄·诺里　（赶紧的）不是的，不，你们没必要慌慌张张。

医生　（很奇怪地）那他是……

贝克莱迪　是从我们那化装晚会上跑出来的人吧！

狄·诺里　不是的，他是我们安排的人，是留在这儿照料他疯病的四个小伙子中的一个。

白托尔多　我请您原谅，侯爵先生……

狄·诺里　不可能原谅你！我早就吩咐过要把门上好锁，任何人不得出入这里！

白托尔多　先生，我知道！但是我无法承受了！我请求您答应我离开的请求！

狄·诺里　哦，您不是今早才来的吗？

白托尔多　是啊，先生，我和您讲，我实在忍受不了了。

玛蒂尔黛夫人　（忧心忡忡地问狄·诺里）那么，他是不是不像您描述的那么安静啊？

白托尔多　（立刻）不是，不是，太太，我不是说他呢！是说我的那三个同事！侯爵先生，您说是来"照料"，但这真的是实实在在的"照料"吗？！他们根本就没有照料过他，他们才是真正的疯子哩！侯爵先生，我初来乍到，他们不仅没有帮我，反而……

　　　（兰道夫和阿里亚尔多突然从右边的同一扇门里慌慌张张地跑了进来，神情焦虑，但是在跨进门槛之前就停在了门槛那儿。）

兰道夫　允许进来吗？

阿里亚尔多　允许进来吗，侯爵先生？

狄·诺里　进来吧！到底出了什么事？你们这是在做什么？

芙丽达　天呀！我走了，我要走了。我很害怕！（朝左边的那扇门走去。）

狄·诺里　（赶紧留住她）芙丽达，不要走！

兰道夫 侯爵先生，他简直是个蠢货，他……（指着白托尔多）

白托尔多 （反驳说）唉，不要这样吧，我亲爱的伙计！很感谢你们！我退出了！我退出了！

兰道夫 你为什么要退出？

阿里亚尔多 侯爵先生，他刚刚闯了祸，所以就逃到这里来了！

兰道夫 他把他惹火了！我们在那都很难看守住他，他下令说要抓捕他，他还要立即去王座开堂"审判他"——这该如何是好啊？

狄·诺里 去把门关好！关好门！你们赶紧去关上那扇门！

（兰道夫走过去关好门。）

阿里亚尔多 奥杜夫一个人肯定是看不住他的……

兰道夫 侯爵先生，要不，倘若现在通报他您来拜访他的话，我想您应该能劝阻他。难道这些先生都想换好衣服去看他吗？

狄·诺里 是的，是的，这里都准备好了。（向医生）您觉得现在是不是可以去看病……

芙丽达 卡尔洛，我不想去，我不想去！我还是走吧，妈妈，你也走吧，请您过来，和我一起离开这吧！

医生 我想问下……他没有随身携带武器吧？

狄·诺里 没有！没有武器的，医生！（向芙丽达）请原谅，芙丽达，只是，如果你如此地恐惧，那就真的太像个小孩了！是你自己要求来的啊……

芙丽达 唉！你不要说了，可不是我想来的，是我妈妈！

玛蒂尔黛夫人 （态度肯定地）我是想见他的！只是现在我可以做点什么呢？

贝克莱迪 我冒昧地问一下，一定要化装成这种样子吗？

兰道夫 那是必须的！只能那样，先生！唉，真是没办法，您看看我们……（指自己的穿着）倘若让他看到各位的这种现代服饰的话，那就会出大的麻烦了！

阿里亚尔多 他只相信那些鬼魅一般的穿着打扮。

狄·诺里 就像您认为他们的打扮是乔装打扮的一样，同样在他的眼里，我们的这些穿着也是乔装打扮的。

兰道夫 侯爵先生，只要他没有把这些看成是他的死对头的阴谋诡计，那么就不会发生什么事的。

贝克莱迪 你是指教皇格里戈利七世吗？

兰道夫 是的！他认为教皇是一个十足的"异教徒"。

贝克莱迪 说教皇是一个"异教徒"？说得很对啊！

兰道夫 是啊，先生，他还认为教皇能招来妖魔鬼道。说教皇熟悉一切魔法妖术。他对这些心存恐惧。

医生 他有严重的迫害症！

阿里亚尔多 他会暴跳如雷！

狄·诺里 （向贝克莱迪）很不好意思，你无须去那儿。我们都不需要去，只要医生一个人去看他就好了。

医生 您的意思是……我独自前往？

狄·诺里 当然还有他们啊！（指三个照料的人。）

医生 不，不是，我是说假如侯爵夫人……

玛蒂尔黛夫人 对！我一定要去！我要去！我要去见见他！

芙丽达 为什么？母亲，我真切地请求您和我们在一起！

玛蒂尔黛夫人 （傲慢地）让我去吧！我就是为了见他才来的！（向兰道夫）我就化装成阿德拉依黛，就是那位母亲。

兰道夫　那非常合适。她是贝尔塔皇后的母亲，很好啊。夫人只需要戴上公爵夫人的金冠就好，然后穿上那件罩住全身的长袍就可以了。（向阿里亚尔多）阿里亚尔多，你去准备下，去吧！

阿里亚尔多　等一下，还有这位先生（指医生）呢。

医生　哦，是的……我们讨论过，好像是主教……克卢尼神学院的乌戈主教。

阿里亚尔多　先生，您是说那位神学院的院长吧？非常好，克卢尼的乌戈。

兰道夫　他来过这里很多次了。

医生　（惊奇地）什么情况，他以前来过？

兰道夫　您无须担忧。我跟您说吧，因为那是一种简单的装扮……

阿里亚尔多　所以在之前扮演了几次。

医生　但是……

兰道夫　就算他记得，也不打紧，因为他一向只看衣服不看人。

玛蒂尔黛夫人　那么，这对我也有好处呢。

狄·诺里　芙丽达，跟我们一起走吧！蒂托，和我们走吧！

贝克莱迪　哟，不行呢。如果她（指侯爵夫人）留下的话，我也不走了。

玛蒂尔黛夫人　但是我们并不想留您！

贝克莱迪　我并不是说你们需要我。我只是想去看看他。您不同意吗？

兰道夫　是啊，因为三个人一起去可能会好很多。

阿里亚尔多　那么，先生打算扮演谁呢？

贝克莱迪　嘿，想一下，你们也替我找一个很简单的装扮角色吧。

兰道夫　（向阿里亚尔多）对啊，有啦！就是克卢尼神学院的修士。

贝克莱迪　克卢尼神学院的修士？那是什么样子的啊？

兰道夫　穿上件克卢尼神学院修士的道袍就行了。您可以装扮成大主教的随从人员。（向阿里亚尔多）你准备下吧！快去吧！（向白托尔多）还有你，赶紧闪一边去；你最好一整天都不要出现在这里！（看到他们刚要走，接着说）等一下。（向白托尔多）你去把他给你的衣服带到这里来。（向阿里亚尔多）你现在赶紧去通报"阿德拉依黛公爵夫人"和"克卢尼的乌戈主教"前来觐见。清楚吗？

〔阿里亚尔多和白托尔多从右边的第一扇门走了出去。

狄·诺里　我们走吧。（与芙丽达从左边的门下去。）

医生　（向兰道夫）我在想，如果我打扮成克卢尼的乌戈，他应该会对我很友善吧。

兰道夫　当然，放心吧。主教在这里是拥有很高的声誉。侯爵夫人，请您放心吧。他深深地记得，那时候他在雪地里等了差不多两天，差点被冻成冰人，幸好你们两位给他求情，原本不愿接见他的格里戈利七世才勉强让他进了卡诺萨宫觐见。

贝克莱迪　打扰下，那我呢？

兰道夫　您就本本分分地站在他的旁边就好了。

玛蒂尔黛夫人　（气愤，表情很激动）您最好是马上滚蛋！

贝克莱迪　（不满地轻声答道）您实在是太激动了。

玛蒂尔黛夫人　（发怒地）我就要这样！请您不要来骚扰我！

〔白托尔多拿着衣服走了过来。

兰道夫 （看着他进来）哟，衣服拿过来了！——这是给侯爵夫人准备的长袍。

玛蒂尔黛夫人 等等,让我先把帽子摘掉！（取下帽子,递给白托尔多。）

兰道夫 你把帽子拿过去。（然后向夫人示意,准备给她戴上公爵夫人的金冠）行吗？

玛蒂尔黛夫人 但是,我的天啊,难道这里一面镜子都没有吗？

兰道夫 在那里。（指着左边的出口）如果夫人您打算自己穿戴的话……

玛蒂尔黛夫人 行,行,那还好一些,把衣服拿到那边去吧,我就去换。

　　（重新把帽子戴好,与拿着长袍和金冠的白托尔多一起走了下去。此时,医生和贝克莱迪正在吃力地穿那些修士们的道袍。）

贝克莱迪 说真的,我还从没有想过自己会扮演一个修士。嘿,问你啊,这种疯病应该会把金山银山挥霍光吧！

医生 可不是嘛,很多其他的一些类似的疯病都大抵相同。

贝克莱迪 一旦碰上这种病,为了好好地照顾他们,那就得准备一笔数目可观的钱哩。

兰道夫 是啊,先生。我们那有一整柜子制作精良的古代服饰。我就是专门负责这些的。我去找了家高档的戏装缝纫店,那用了不少钱。

　　〔玛蒂尔黛夫人顶着金冠,穿着长袍走了进来。

贝克莱迪 （一眼就看到了,非常仰慕地看着她）啊,真是太美了,的确有皇家气质！

玛蒂尔黛夫人 （盯着贝克莱迪,高声大笑）天啊！这是什么啊,您还是把他脱下来！您这样太不合适了！活像一只穿着袈裟的鸵鸟啊！

贝克莱迪　您先看看医生！

医生　嘿，不要见怪……别见怪。

玛蒂尔黛夫人　不，医生看上去可好得多……只是您的打扮实在让人捧腹！

医生　（向兰道夫）他常常会在这里接见外人吗？

兰道夫　会遵照他的意思，因为常常会下令召见这个人或那个人的。

　　这时，我们就要去找人来满足他的需要了，还有女人哩！

玛蒂尔黛夫人　（心一阵刺痛，在竭力掩饰着）呃，有女人？

兰道夫　是的，在以前，是……来过不少呢。

贝克莱迪　（笑着）绝了！都穿着这种礼服吗？（指着侯爵夫人）

兰道夫　唉，您明白的，是那种女人……

贝克莱迪　来服务的，我明白了！（坏坏地跟夫人说）您可要留心，他可能会对您做点危险的事哦！

　　〔右边的第二道门打开了，阿里亚尔多出来，他先示意大厅的人安静下来，然后就庄重地宣布。

阿里亚尔多　皇帝陛下驾到！

　　〔两名卫士首先出现，在王座的两旁严肃地站立着，接着亨利四世进场，奥杜夫和阿里亚尔多紧紧相随。他已经年近五旬，一张苍白如纸的脸，花白的头发覆满整个后脑袋，但是在前额上有几缕头发染了色，和鬓角一起呈现出一种金灿灿的光泽，让人觉得非常可笑；他的两腮上涂了玩偶一样的红色油彩，使那张惨白的脸更加层次分明。就和在卡诺萨那样，耀眼的皇袍被一件忏悔者的苦行衣紧紧包裹着。那深邃恐怖的眼睛呆滞无神；一副又沮丧但又故作矜持的态度，看不到半点忏悔的谦逊。奥杜夫两只手捧着皇冠。阿里亚尔多握着带有鹰饰的权杖，还有一个十字架的圆球。

亨利四世 （首先向夫人，然后向医生礼貌地欠身鞠躬）夫人……主教大人……（接着他看看贝克莱迪，正要向他鞠躬时，他却摇头问身边的兰道夫，满脸狐疑地小声问）他难道就是彼得罗·达米亚尼？

兰道夫 不是的，陛下，他就是克卢尼神学院的修士啊，他是主教大人的助手。

亨利四世 （更加疑惑地细细望着贝克莱迪，发现对方也正惊恐地望着玛蒂尔黛夫人和医生，那眼神中带有很深的求援的意味；于是他挺直身子，高声说）他就是彼得罗·达米亚尼！——神父啊，请你不要老盯着公爵夫人！（像逃避一种危险一样，他赶紧面向夫人）夫人，我起誓，我向您起誓，我已经对您的女儿回心转意了！我承认，如果不是他（指贝克莱迪）作为亚历山德罗教皇的使者来阻拦，我一定会休掉她的！是啊，当时还是有很多人同意我那样做：美因茨的主教因为能得到120个庄园也非常赞成我。（斜眼瞧了一眼惊慌的兰道夫，马上说）我真不应该此刻去计较那些主教们的过错。（又客客气气地向贝克莱迪）感谢您，彼得罗·达米亚尼，请您接受我对您那次阻拦的谢意！我的母亲、阿达贝尔托、特里布尔、戈斯拉尔，还有展现在您面前的我身上的这套苦行纱，这一切就是我此生受辱蒙冤的根源啊！（突然他变换语气，好像突然理智附身了，有了正常人的表述方式）不要紧！头脑清晰，独具慧根，意志坚强，不畏厄运！（然后转向众人，悲痛地说）我会把我所有的过错改正；在彼得罗·达米亚尼大主教的面前，我感到羞愧不已！（深深地鞠躬，在他面前弓着身子，好像被那一时间产生的觉醒给征服了，但还是情不自禁地放了一句狠话）难道关于我那圣洁的母亲安尼丝和亨利·达乌古斯塔主教有隐情的谣言不是您造出来的吗？

贝克莱迪　（因为亨利四世还弓着背，手指差点戳到他，所以他的两手交叉在胸前，这样能保护自己，他否认）不是的，不是我，不是……

亨利四世　（直起身子）不是吗，真是这样的吗？太无耻了！（又上下打量他一会儿，然后说）我也不相信您有这种本事。（走到医生面前，拉住他的一角衣袖，神神秘秘地眨了下眼）是他们！主教大人，就是那么一伙人！

阿里亚尔多　（轻轻地叹气，提示医生注意）唉，是啊，就是那些不诚实的主教。

医生　（表演着，向阿里亚尔多）是那些人，唉，是他们啊……

亨利四世　没有什么能满足他们，他们是那么的贪婪！——主教大人，那时候的我只是一个爱好玩乐的小孩，过着自己那自由自在的童年时光，可是在我完全不知情的情况下，就被要挟着做了皇帝——那时的我才六岁，我被他们从母亲身边诱骗走，他们利用我的无知去伤害我的母亲和我的国家；他们诋毁神灵，巧取豪夺，一个比一个贪得无厌：阿诺超过斯特法诺，斯特法诺比阿诺更甚！

兰道夫　（低声地劝道）陛下……

亨利四世　（马上转过身来）哦，我清楚！这时不应该说主教们的过错的——只是，他们对我母亲的那种中伤太严重了！主教大人！

(看看侯爵夫人，变得慈眉善目的) 我无法悼念她，夫人——我跟您说，您肯定是一个善良和善的母亲——大约在一个月前，她曾经从神学院那边来看我，但是有人跟我说，她现在已经过世了。(激动得说不出话来，脸上显现出一个很凄惨的笑容) 我无法相信，我也无法悼念她，因为此时您还健在，而我已是这副模样 (指着身上穿的苦行纱)，这就表明我还是 26 岁而已。

阿里亚尔多 (轻声软语地安慰他) 陛下，正是如此，所以她还健在。

奥杜夫 (补充道) 她还住在她的神学院里面。

亨利四世 (转向他们俩) 明白了。那我就将心头的这份沉重的悲伤，留到将来去慢慢品味吧。(几乎有点卖弄风骚地把自己染的头发让侯爵夫人欣赏下) 您看看：这里是金黄色的…… (然后轻轻地，就像倾诉心里话一样) 这是为了您才染的！——其实我根本没必要染发。只是外貌有时候也还是有作用的，它就是岁月的风霜刻画的木雕。我说得对吗，主教大人？

(又回到侯爵夫人的身边，目不转睛地盯着她的头发) 啊，我看见了……您，公爵夫人，也染过啊…… (眨动着一只眼睛，还做出一个非常生动的手势) 哟，意大利的女人…… (那么说来，她是假扮的人了，只是没有反感，但是那个欣赏的态度很不友好) 老天保佑！不要对她产生这么反感和惊讶的感觉！——朝三暮四的幻想！谁都不想承认耽于幻想是主观意志上隐秘的一个致命伤！但我说！生死有命，命由天定啊！——主教大人，您是因为自己的要求才来到这个世上的吗？我可从没有过什么要求——生死由命，身不由己，很多事情发生了，但却并不是我们所期待的事情，它们可从未到来，我们也因此而消磨意志，萎靡不振！

医生 （欲言却止，很认真地观察着他）唉，是这样的，不幸本就如此！

亨利四世 是这样的：一旦我们与天作对、与命运抗争时，那些幻想就产生了。女人想成为男人，老人想成为青年……这不是异想天开，也不是虚情假意。一句话说，我们都很真诚地去追求那个完美的自我。只是，主教大人，当您的双手抓住那神圣的道袍的时候，您有没有发现有样东西在那里面神不知鬼不觉地如同蛇一般，从那袖子里溜了出来，出来之后，瞬间就逃之夭夭。主教大人，那就是我们的生命啊！一旦您发觉到自己的生命在不停地消失时，您就会莫名其妙地产生一种自暴自弃的感觉，甚至会后悔，后悔来到这个世上。唉，您还不知道吧，我可是极端地懊悔。当看到自己那张脸变得如此衰老不堪的时候，我充满恐惧，不敢正视……（走近侯爵夫人）天啊，有那么一天——您怎么会做那样的事呢……（他的目光犀利地盯着她，吓得她几乎面如死灰）——是的，就是"有那样的事"！——我们彼此的心里都亮堂着呢。这个，您放心吧，我不会和任何人讲的！只是您，彼得罗·达米亚尼，您也许就是那个人的朋友吧。

兰道夫 （接着提醒他）陛下……

亨利四世 （马上）不，不，我不会说那个人的名字的！我知道那样会让他生气的！（迅速地转向贝克莱迪）嘿，不知您有何高见？有何高见啊？……几乎任何人，或是少部分人都很固执呆板，就好像人老了就想染发一样。我就把自己的头发染成了和以前完全不同的颜色，对您来说，这难道不是一件不足为道的小事吗？——夫人，我知道您染发绝对不是为了去骗别人，当然也不是哄自己高兴；但还是带有那么点意思的——有那么一丁点哄自己的意味……只不过就那么一瞬间——就在您对镜理妆的瞬间。而我是为了好玩才染发的，您却是很认真地染发。我敢肯定您已经很认真地做了一番打扮，夫人。我可不是说戴在您头上的这顶让我为之拜倒的尊贵的公爵夫人的金冠，也不是说穿在您身上的那件公爵夫人的长袍；我想说的是，您为了怀念那段过往的旧情，您特意把自己打扮成金发女郎，因为在当年，您就是这般打扮而让爱您的人为之倾倒，如果当时的您是栗色的头发，那么您肯定会打扮成栗色的——您就是想再现当年那一去不复返的娇容。彼得罗·达米亚尼，于您而言，您对过去的那些时光与经历，以及自己的一些行为的回忆，就是想再次去看看深深地埋在心底的如梦如幻的陈年往事，是吗？太多道不明的过往需要我们一次又一次地重新去细细翻看……嘿！不要有什么担忧，彼得罗·达米亚尼。将来，我们对现在的生活照旧会如此地去重新翻看一遍的！（突然发起了脾气，扯着身上的苦行纱）这件苦行纱！（几乎是面目可怖地笑着，撕扯着衣纱；阿里亚尔多及奥杜夫赶紧跑过去进行劝说。）

阿里亚尔多和奥杜夫　啊！看在老天的分上！

亨利四世　（一边朝后退，一边脱掉苦行纱，冲着他们喊叫）在明天，在布雷萨诺内，将有 27 位德国及伦巴第的主教们与我一同联名签字，废黜教皇格里戈利七世，因为他不是个真正的教皇，他只是一位假修士！

奥杜夫 （与其他的两人一起向他恳求不要说了）陛下，陛下，看在老天的分上！

阿里亚尔多 （以手示意请他穿上苦行纱）请注意您的话！

兰道夫 公爵夫人和主教都是来这里为您向教皇求情的。（偷偷地打着手势要医生接词。）

医生 （脸色黄澄澄的）嗯，是这么回事……是的……我们是来帮您求情的……

亨利四世 （马上就感到后悔，还非常害怕，吩咐让他们三人把苦行纱重新披上，两手蜷曲着紧紧地抱着自己的身体）请饶恕我……请……请……饶恕我，主教大人，宽恕我，夫人……你们听我说，开除了教籍之后，压力大到让我无法忍受了。（双手捧着头，腰弓着，仿佛在等着什么东西来把自己赶走，就那样静立了一会儿，然后就变换了一种声音，感觉很正常地很自信地轻轻和兰道夫、阿里亚尔多和奥杜夫说）我也不知什么缘故，今天我无论如何也不能在他面前卑躬屈膝了！（偷偷地指贝克莱迪。）

兰道夫 （低声）因为您，陛下，您一直把他当成了彼得罗·达米亚尼，但他可不是那个人！

亨利四世 （害怕地斜眼望着他）他不是彼得罗·达米亚尼吗？

阿里亚尔多 不是的，他只是个卑微的修士，陛下大人！

亨利四世 （哀伤而悲恸地）唉，因为一时意气用事时做的事，我们谁都无法估计到那种行为会产生怎样的后果……也许，您，夫人，您能够比其他人更加理解我，就因为您是一个女人。这是庄重的、具有决定意义的时刻。请您听着，此时，就在我们谈话的时候，我可以接受伦巴第那些主教们的帮助，逮捕教皇，然后把他禁锢在这座城堡里，然后再前去罗马，共同推举一位新的教皇；然后与罗伯尔托·奎斯卡尔多结成联盟——教皇格里戈利七世必定会垮台！——但我放弃了这个计划，请您信任我这是明智之举。因为我发现时机还没成熟，因为我还能感觉得到那个善于摆弄权力的人——教皇的淫威犹存。您看我的下场，肯定想耻笑我吧？那您就不明智了。因为您还不知道这件苦行纱带给我多大的政治上的领悟。跟您说，在将来，我们现在的角色都会颠倒！那么，到了那个时候的您又会怎么办呢？您又去耻笑那个穿着囚服的教皇吗？不。我们终将是一样的——今天，我扮演着悔过者的角色；将来，他沦为囚徒。无论是国王，还是教皇，有谁不会扮演自己的角色，那么谁就注定要倒霉了。也许，现在的他过于残暴，事实也如此。夫人，您为您的女儿贝尔塔好好考虑一下吧；我想再跟您强调一遍，我已经对她回心转意了。（突然转向贝克莱迪，好像他曾经不同意一样，他故意冲他强调一遍）回心转意了，为了报答她能够在这种不幸的时候还能忠贞不贰地爱着我。（停顿片刻，由于突然间发作出来的怒气让他的表情显得还是很恐怖，所以他努力地调整了一下自己的状态，清理了一下喉咙，然后用一副很温顺又带着点悲伤的谦逊的神情面向侯爵夫人）夫人，她陪伴着我，一同来到这里，哪怕像乞丐一样卑微低贱，她也还是伴随着我，可以在露天的环境中冻上两夜，顶着飘飘扬扬的雪花。作为她的母亲，他们应当会被您的爱女之心感动的，您与他（指医生）一起去帮我向教皇求情吧，希望能得到宽恕，请他愿意召见我们。

玛蒂尔黛夫人 （瑟瑟发抖，气若游丝一般地说）好，好，我们现在就去……

医生 我们一定如您所愿，一定如您所愿！

亨利四世 还有一件事！还有一件事！（把他们叫到跟前，神秘兮兮地悄声说）不仅仅是去接见我们呢！你们都知道他是个"全能者"，我跟你们说他是"全能者"——他甚至能够召唤亡灵。（捶着胸）你们看看！我就在那里。——世上还没有他不能驾驭的巫法魔术。是的，主教大人，夫人；我真正受到的刑罚是这个——你们看看那个（惊恐地指了指墙上的他的肖像）——我无法从那幅他用巫术制成的画像中解脱出来。我一直在忏悔，并且这种忏悔将一直持续着，一直到他召见我才会终结。如果他能收回把我教籍取消的决定，请求你们两位能够为我向他求情，恳求他能做一件只有他才能办到的事情，能够让我从那因牢（再指画像）中解脱出来，能让我把这可怜兮兮的一生过完，现在的我一直生活在自己的生命之外，可见而不可触……我不能忍受自己永远活在26岁，夫人啊！我也为您的女儿求求您了，我一定要把她应得的爱情给她，现在的我是多么渴望去好好地爱她啊，善良的她拥有一颗淳朴的心，让我备受感动。那么，我说完了。我已经把自己拜托给你们了……（鞠躬）夫人，主教大人！

〔就在亨利四世弓着身子打算从原来进来的那道门走出去时，忽然看到了正向前来和人交谈的贝克莱迪转过身往舞台那边走了过去，他猜他可能想去偷放在宝座上的皇冠。就在大家惊诧之余，他跑过去把皇冠拿走了，藏在自己的苦行纱里面。他的眼角和嘴边露出非常神秘而狡黠的微笑，一闪而过，再次鞠躬行礼，然后走了出去。侯爵夫人感到很激动，一不小心瘫倒在一把椅子上，差点昏厥过去。

〔幕落〕

第二幕

〔在别墅里，还有一个与王座大厅紧紧相挨的一间大厅，里边的家具陈设是古朴的风格。在大厅内接近右边的地方，有一块稍微比地面高的平台，平台的四周围着一个小圆柱组成的小栏杆，在正面有两级台阶通向里面。那边有一张桌子放在平台上，还有五把靠背很高的椅子，有一把放在正中间，其他的四把分别放在两边。舞台的正面通向正厅的大门，在左边有两扇朝向花园的窗子，在右边有一道通向王座大厅的门。当日的下午四五点钟的时候。

〔玛蒂尔黛夫人、医生和贝克莱迪都在舞台上。医生和贝克莱迪正在交谈。玛蒂尔黛夫人则气呼呼地在一旁站着，对他们两人的谈话感觉是爱答不理的样子，十分的讨厌，但她又不得不听下去。她的内心狂躁不安，很难集中心思去思考脑子里那些乱七八糟的事情，因为她总是不自觉地受到身边的事的影响而分心。而这时听到的那些话倒是很吸引她的注意力，让她意识到自己无论如何都要控制好自己的情绪。

贝克莱迪 事情是朝着您预料的方向发展，但亲爱的医生，只是，我得到了一个不一样的感觉。

医生 我并不想反驳您。但是，还是请您注意，那仅仅是如此……就是一种感觉而已。

贝克莱迪 但是，连他也是这样说的啊，而且表述得明明白白！（转向侯爵夫人）侯爵夫人，难道不是那样吗？

玛蒂尔黛夫人 （注意力被吸引了过来，转过身）他说了吗？（接着，很反感地）是吧……只是好像并不是您所想的那样。

医生 他仅仅是对我们身穿的古装指指点点：比如您的长袍（指侯爵夫人），还有我们本尼迪克会修士的道袍。这些行为看上去很幼稚无知。

玛蒂尔黛夫人 （很生气，猛地又转身过来）幼稚吗？您想说的是什么，医生？

医生 从某种意义上讲，这是非常幼稚的行为，请原谅我这样说，侯爵夫人。当然它也有另一个面，在那个面来看，则是非常的复杂，令人无法琢磨。

玛蒂尔黛夫人 但是我却看得清清楚楚。

医生 （露出一副内行人对门外汉的一种谅解的笑意）是啊！必须去了解一个疯子特殊的心理状态，所以——您认真听着——甚至可以确定，疯子也是具有观察能力的，他也能准确地去识破别人在他面前耍的一些小把戏，于是，就会出现他刚刚的那些行为；但是，先生们，他们认真地去对待这些假的东西，就好像孩子们一样，能够把游戏中虚拟的情节当作真实的世界。所以，我说这种行为非常幼稚。只是这件事情远远没这么简单。原因在于：

他自己产生了一个意识，他已经很清醒地意识到了他自己的那个徘徊在自己身边的影子——而那影子就在那边！（指着左方，意思是在王座大厅内。）

贝克莱迪 他的确这样说过！

医生 是的，说得好！——有那么一个影子，并且还有很多其他的影子也朝着他走去：那些影子是我们这些外人的，知道吗？现在，他处在一种疯狂的状态之中——一种既敏感又沉默的疯狂，他可以迅速地分辨出他的影子与我们的有不同之处，也就表明，我们的身上、我们的影子外边包裹着厚厚的伪装，所以引起了他的怀疑。几乎所有的疯子都犯有一种疑心病，总是时时刻刻地防范着别人。这就是实情！当然，参与到他的游戏中，我们的所作所为在他看来并不会是一种怜悯，反而让他更加怀疑我们，差点就要攻击我们了，就如同是真的游戏一样。他很想看看我们那伪装下的真实面目，但是，在我们的眼里，他的这些幼稚的行为显得多么的可悲啊！是这样的吧？先生们，他还会拿自己开涮。他染好头发，还涂脂抹粉地打扮一番才来见我们，他竟然说，他这么做是故意的，只是能找点乐子。

玛蒂尔黛夫人 （再次很激动地）不，不是的，医生！绝对不是这样！无论如何也不是的！

医生 为什么不是那样的？

玛蒂尔黛夫人 （肯定地，激动得声音发抖）我百分百地肯定，他已经认得我是谁了！

医生 没这种可能，绝对不可能！

贝克莱迪 （同时附和道）您在说什么啊！

玛蒂尔黛夫人　（语气更加坚定，激动得差点掉气）我和你们讲，他已经认得我是谁了！当他靠近我跟我说话的时候，他那双眼睛直勾勾地盯着我。他一定认出了我的这双眼睛，他认出我来了！

贝克莱迪　但是他一直在说您女儿的事……

玛蒂尔黛夫人　不是的！他在说我！他说的是我！

贝克莱迪　也许吧，他好像说……

玛蒂尔黛夫人　（毫无拖拉地立即）一说到关于染发的话题时，他马上就说了一句："您就是这般打扮而让爱您的人为之倾倒，如果当时的您是栗色的头发，那么您肯定会打扮成栗色的。"难道你们都没听到吗？——他还记得很清楚，在"当年"我是一头栗色的头发。

贝克莱迪　不可能！不可能！

玛蒂尔黛夫人　（并不理他，向医生）医生，当年的我的确是栗色的头发——和我女儿的头发拥有一样的颜色。正因为这个原因，他才提起了我的女儿。

贝克莱迪　但是他可不认识您的女儿啊！他们从未见过面！

玛蒂尔黛夫人　正是如此！但您真的一点也都不明白吗？他是借用我女儿之名来说我啊，来说当时的我啊！

贝克莱迪　好吧，看来被精神病感染了！被精神病感染了！

玛蒂尔黛夫人　（鄙视地小声说）什么感染！蠢货！

贝克莱迪　请您注意，您应该从来没有和他做过夫妻，是吗？在那个神经错乱的人眼里，您女儿贝尔塔·狄·苏萨，才是他正式的妻子哩。

玛蒂尔黛夫人　是的！因为现在的我早已与他记忆中的那个人的模

样不一了，我的头发已经不是栗色，而是"这样子"——染成了金色，而且，我还跟他自我介绍说是"阿德拉依黛"，是他的岳母。对于他而言，我女儿是虚无的，因为他们彼此从来没有见过面——这还是您自己说的。那么，他怎么知道我女儿的头发是金色的，抑或是栗色的。

贝克莱迪　他提起栗色的头发，可能是瞎说的，我的天啊！他难道还能回忆起哪个人年轻时头发的颜色，难道还能分辨那时的颜色是金色还是栗色吗？您也开始神经错乱了！医生，您刚刚说我不应该出现，我想，不应该来的人应该是她吧！

玛蒂尔黛夫人　（*刚开始因为贝克莱迪的话让她陷入了片刻的沉思中，后来又回到常态，由于不赞同而急于辩解*）不，不是的……他说的人就是我，从头到尾，他一直是在和我说话，在与我交谈，他提起的人就是我……

贝克莱迪　哼！他把我逼得连喘口气的空暇都没有，但您还在这说他一直在说您？这么说的话，您觉得他含沙射影地说彼得罗·达米亚尼说的那番话也是针对您的喽？

玛蒂尔黛夫人　（*做出一副挑战的样子，几乎僭越了礼仪的底线*）谁说得清啊？那么您可以告诉我为什么他从一见到你开始就对你咬牙切齿，并且只对你一个人如此呢？

（*实际上，这句问话的语气就是在清楚地表明："为什么会让他如此反感你，那是因为他知道你是我的情人！贝克莱迪的心里也很清楚，所以感到很窘迫，很无奈地宛然一笑。"*）

医生　请原谅，也有这种可能，因为您没有被通报，而他们只向他通报了阿德拉依黛公爵夫人和克卢尼修道院院长来访，所以在他眼里，您是个不应该出现的不速之客，所以就对您起了疑心……

贝克莱迪　是啊，很有道理，他肯定怀疑我就是他的一个敌人！以为我是彼得罗·达米亚尼！——但是她还那么确定地以为是他认出了她。

玛蒂尔黛夫人　那是不容置疑的！——因为他的那双眼睛里流露出来的是真情，医生，您知道的，有那么一种看人的眼神是……是绝对不容人质疑的！也许就是那么短暂的一瞬间，我真不知道怎么向你讲才能讲清楚呢？

医生　这种情况也不是完全不可能：就是瞬间的清醒……

玛蒂尔黛夫人　也许事实就是如此！当时我听到他的话里充满了悔恨与悲伤，他在哀叹他与我那一去不返的青春，他痛恨那让他永远被这张伪装皮囊所包裹的那次可怕的落马事件；他无法从这皮囊中挣脱出来；他很想逃出来，他真的想逃出来啊！

贝克莱迪　是啊！那是为了能够与您女儿再续前缘。也可以按您的想法这样说——再爱您一次，因为感受到了您的爱怜，他的心再一次萌动了。

玛蒂尔黛夫人　这是一颗真诚而深沉的怜悯之心，请您不要有所质疑！

贝克莱迪　我明白，侯爵夫人，您这颗真诚而深沉的怜悯之心也许能让一位法师来创造一个奇迹了。

医生　现在可以让我插一句吗？我可不会创造奇迹，因为我仅仅是个医生，我并不是法师。我只是用心地去分析他说出的每一句话，并且重复说一遍。一经变成顽疾的疯病仍具有一定意义上的变化空间，这在他身上明显反映出来了……怎么说好呢？他已经在好转了。也就是说，那些让他变成这个样子的病灶已经松动了。我觉得应该是他被一些突如其来的回忆触动了，于是他又要在外在体现出来的那些人格上重新努力地去保持一种内在的平衡——这是一个非常欣慰的变化——这样表现出来的行为将不再是最初的那种呆滞与冷漠了，而是从内往外体现出来的一种自我反思，这样能从那种忧郁的状态回到一种迟缓的活跃状态，这就显示了一种……是啊，的确是一种活跃的脑力活动。我再重复一遍，这是一个非常欣慰的变化。现在，倘若我们马上使用我们早就计划好的那个剧烈的刺激方法……

玛蒂尔黛夫人　（转向窗口，用一种病人呢喃的语气）那汽车怎么还没回来呢？已经去了三个半小时了吧……

医生　（一脸不解）您说什么？

玛蒂尔黛夫人　我是说那汽车怎么还没来，医生，已经去了三个半小时了呢！

医生　（掏出怀表看了下）哦，我的表显示已经去了四个小时了！

玛蒂尔黛夫人　按理说应该在半小时前就应该到这里来的。可是，之前……

贝克莱迪　他们可能是没找到服装。

玛蒂尔黛夫人　但是我已经把放衣服的地方清清楚楚地交代了啊！（急躁不已）芙丽达呢，芙丽达去哪了？

贝克莱迪　（朝窗外倾了倾上身）也许和卡尔洛去花园里了。

医生　他能够说服她摆脱那种恐惧的心理。

贝克莱迪　那不是恐惧，医生，您不要以为她会害怕，她是很讨厌那样做。

玛蒂尔黛夫人　你们可千万不要去死死地请求她，我最了解她的脾气。

医生　我们再安心地等等，多等一会儿也好，反正要天黑了才能开始，也用不了多长的时间。倘若我们能把他从那迷幻之中唤醒过来，我是说，用刀麻利地斩断那些将他捆在迷幻中的绳索——而且这些绳索现在已经开始松动了——让他能够如愿地从这种囚牢的煎熬中挣脱出来，那些他自己感受到的煎熬。他自己说的："我不能忍受自己永远活在 26 岁，夫人啊！"倘若我们能够让他突然间再次感受到时间的差距……

贝克莱迪　（立即接话）那么他就会痊愈了！（接着大声地一字一句地嘲讽说）我们必须得把他从那个画框里拉出来！

医生　他就像是一只停在了过去某一时刻之后就停止运转的钟表，我们都渴望能够让他再次转动起来。就好像我们自己戴的手表一样，必须要拧动后，才能够再次运行起来。我们都渴望这只可怜的表在停转了这么多年之后再次准确报时。

（正值此时，卡尔洛·狄·诺里从正门那边走了进来。）

玛蒂尔黛夫人　啊，卡尔洛……芙丽达呢？她去哪了？

狄·诺里　她马上就来，马上。

医生　汽车到了吗？

狄·诺里　到了。

玛蒂尔黛夫人　是吗？那衣服都拿来了吗？

狄·诺里　早就拿来了。

医生　哦，那真的是太好了！很好！

玛蒂尔黛夫人 （声音颤抖着）她在哪？她在哪？

狄·诺里 （耸了耸肩，脸上堆满了苦笑，好像很不情愿地去参加一次非常离谱的玩笑）唉，您马上就能见到她的。（指了指大门）在那里呢。

〔白托尔多出现在了大厅门口，隆重地传达。

白托尔多 尊敬的卡诺萨的玛蒂尔黛侯爵夫人驾临！

〔打扮得富贵华艳的芙丽达突然出现在那里，身上穿着那套母亲过去扮演"托斯卡那的玛蒂尔黛侯爵夫人"的古代戏服，就好像是从王座大厅里的那幅画像里面走出来的一样。

芙丽达 （走到屈膝哈腰的白托尔多身边，傲慢无礼地对他说）对不起，是托斯卡那的，托斯卡那的。卡诺萨只是我的一个城堡。

贝克莱迪 （赞叹道）看啊！看啊！她好像成了另一个人！

玛蒂尔黛夫人 真的像我！我的天啊，你们都瞧见了吗？芙丽达，你站着不动！你们都看到了吗？这就是我那幅复活了的画像啊！

医生 是啊，是啊……栩栩如生！栩栩如生！就是画中的那个人哪！

贝克莱迪 是啊，美，真的太美了……和那幅画一模一样！瞧瞧，光彩照人啊！

芙丽达 你们就别取笑我了，否则我就不高兴了啊！我说妈妈啊，您过去的腰肢真的很曼妙啊，我得吸着气才能套着这件衣服呢！

玛蒂尔黛夫人 （激动得有点发抖，过去整理了下她的衣服）等一会儿！……不要动……看看这些皱褶……你真的觉得很紧吗？

芙丽达 我都快被裹得喘不过气来呢！我只希望你们能快点弄完啊！

医生 对不起，我们必须要天黑后才可以行动。

玛蒂尔黛夫人 你干吗要这么早就穿上它呢?

芙丽达 当我一看到它,我无法经受它的诱惑。

玛蒂尔黛夫人 你应该喊我去帮你的……你来看看,都皱了,我的
天啊!

芙丽达 我也看到了,妈妈。只是,这都是过去的一些旧的褶皱,
是很难熨平的。

医生 那没什么大碍,侯爵夫人!这个整体的形象是无懈可击的。
(然后走到夫人身边,请她去女儿的前面站着,但不能遮住她女
儿)请您站在这里……稍微离她远一点儿……请往前再移一
点点。

贝克莱迪 这样做是为了体现时间差距吧!

玛蒂尔黛夫人 (稍稍地转向他)已经20年了!一场厄运降临于他,
不是吗?

贝克莱迪 措辞不要这么强烈!

医生 (非常窘迫地进行劝解)不,不!我只是说这套衣服……为了
他来看看这套服装……

贝克莱迪 (笑着)如果您说服装的话,医生,那就不仅仅是20年而
已!那是800年!一条深深的历史鸿沟!您真的想刺激他一下,
让他从历史的深渊中直接跳跃到现在吗?(先指着芙丽达,然后
又指侯爵夫人)这样的话,我建议您去准备一个篓子捡拾他那被
摔得粉身碎骨的尸体吧!各位,我很认真地和你们讲,你们都
思考一下吧:对于我们来讲,这的确只是20年前发生的一件不
幸的事故,只是两套衣服,一个化装晚会而已。但是对于他来
说呢,那绝对不是如此,就好像您自己说的那样,他的时间已

经停留在了那个过去的时刻，如果，现在他与她（指芙丽达）一起生活在那 800 年之前也还好，但是事实是他突然就跳跃到了我们的中间，我想说的是，这样做的话只能让他的神智更加混乱，变得更加糊涂……（医生摇动着食指，表示他并不赞成）您难道不是这样认为吗？

医生 当然，我尊敬的男爵，这样能让生命复活的！我们现实的生活能马上让他感受到这个真实的世界，一定能立即就吸引他，让他能忘掉那些幻象，摆脱出来，能够让他明白您刚刚所谓的 800 年的历史鸿沟仅仅是 20 年的时光而已！您想一下，这和共济会仪式里的那些杂耍差不多，比如一个纵身跳到半空，就感觉像是腾云驾雾一样，但事实上只是登上了上面一级的楼梯而已啊。

贝克莱迪 啊！真是见识卓越！只是，请您看看芙丽达和侯爵夫人吧，医生！您觉得在时间上，她们谁在前头？是我们这些年老的人吗，医生！年轻人都自以为是地觉得自己走在前头，那是错误的；是我们走在前面啊，因为相比较而言，我们比他们更能握住时代的脉搏。

医生 嗯，有道理，倘若时光能够一直不流逝而永远停伫在此时此景的话。

贝克莱迪 当然不会逝去！离开谁呢？医生，如果他们（指芙丽达和狄·诺里）还去重复着我们重复过的经历，因奔波于我们犯过的同样的错误而老去……想去寻找个出口，能够逃脱到生活之外，那就是幻想！是不真实的！倘若人一诞生就走上死亡，那谁最先开始这段生命的旅行，谁就是走在最前面的。这样的话，我们的始祖亚当应该是最年轻的！你们看看，（指芙丽达）她可要比我们年轻 800 岁啊。尊敬的托斯卡那的玛蒂尔黛夫人。（向她象征性地一个深鞠躬。）

狄·诺里 我求你了，蒂托，请不要开这种玩笑。

贝克莱迪 噢，你以为我没点正经吗？

狄·诺里 难道不是吗？我的天啊……从你一出现之后就……

贝克莱迪 就什么！我不是很认真地穿了本尼迪克会修士的服饰吗……

狄·诺里 我明白！那可是为了一件极其认真的事情。

贝克莱迪 呃，我是想说……对于其他的人来说呢，比如芙丽达，也十分严肃吗？……（然后向医生）我承认，医生，我还是不清楚您到底想怎么做。

医生 （很不耐烦）您等一会儿就能看到了！让我做给你瞧瞧吧……哦！您看看，侯爵夫人的古装还没换上呢。

贝克莱迪 啊，为何她也要……打扮呢？

医生 必须！必须的！她得穿上那边准备好的另一套服装，这样就能让他想起面前的人是卡诺萨的玛蒂尔黛侯爵夫人。

芙丽达 （正在与狄·诺里轻声交谈，一听到医生又讲错了就分辩说）是托斯卡那的，注意是托斯卡那的！

医生 （同前）没什么区别！

贝克莱迪 哦，我明白了！您想让两个她都出现在他面前？

医生 两个，对的，就是如此。

芙丽达 （把医生叫到一旁）医生，您过来一下，您都听见了吗？

医生 我就来。（走到两位年轻人身边，一副对他们解释东西的模样。）

贝克莱迪 （对玛蒂尔黛夫人轻轻地说）嘿，天呀！难道……

玛蒂尔黛夫人 （面容很冷峻地瞅着他）什么？

贝克莱迪 难道您真的这么关心这件事吗？您心甘情愿被他们利用玩这种荒唐的小把戏吗？对一个女人而言，这可不是件小事呀！

玛蒂尔黛夫人 对一个毫无关联的女人而言，的确如此！

贝克莱迪 不是的！这对所有的女人都一样，亲爱的，你这样做的话是一种巨大的自我牺牲。

玛蒂尔黛夫人 这是我欠他的！

贝克莱迪 您不要说谎！您其实很明白，当然不会让自己丢脸的！

玛蒂尔黛夫人 是吗，您讲的牺牲是什么？

贝克莱迪 这样的牺牲您可以仅仅去让我受辱就好了，您可不要在众人的面前侮辱您自己，那就好了。

玛蒂尔黛夫人 在这个时候，谁还在乎你啊！

狄·诺里 （走了过来）不错，不错，好极了，按我们的计划行事……（向白托尔多）嘿，您去那三个人中叫一个过来！

白托尔多 我现在就去！（从正门下去。）

玛蒂尔黛夫人 我们是不是先去假装告辞！

狄·诺里 我去叫人过来就是为了你们辞别。（向贝克莱迪）你也留下，不要走！

贝克莱迪 （晃着脑袋，嘲讽地）遵命，我留下……我留下……

狄·诺里 这也只是为了不让他再一次有疑心而已，你知道吗？

贝克莱迪 我明白！

医生 必须要让他完全相信我们都离去了。

　　〔兰道夫从右边的那道门上来，白托尔多跟在后面。

兰道夫　我可以进来吗?

狄·诺里　请进，请进! 您来了啊……您是洛洛，对吗?

兰道夫　洛洛或者兰道夫，随您便!

狄·诺里　好的，您听着，现在医生和侯爵夫人他们就要离开了。

兰道夫　好的。我现在就去通报一声，他们现在已经得到了教皇的恩准。他现在还在他屋子里捶胸顿足地后悔呢，说自己不该说那些话，又担心得不到赦免……如果你们想去给他一点安慰的话……麻烦你们再次耐着性子把这些服装都换上。

医生　好的，好的，我们马上就过去，就过去。

兰道夫　请您等一下。我想提个建议：想加上一句话，告诉他说托斯卡那的玛蒂尔黛夫人已经和你们一起去向教皇求情，恳请教皇来接见他。

玛蒂尔黛夫人　是的! 您是不是也觉得他已经把我认出来了?

兰道夫　不是的。对不起! 实际上他很害怕被那位曾邀请教皇来城堡里做客的侯爵夫人的拒绝。只是我很纳闷，历史的记载上，根据我的了解——当然各位先生肯定比我更知晓历史了——好像没有说亨利四世暗恋着托斯卡那的侯爵夫人吧，历史是这样写的吧?

玛蒂尔黛夫人　(马上回答)没有，根本就没那回事! 根本没那种说法! 并且事实恰好与之相反!

兰道夫　我觉得也是如此! 只是他却说，他曾爱恋着她——他经常这样提起……所以现在他还担心她会因为讨厌他的暗恋而去教皇那儿说他的不是。

贝克莱迪　必须得让他知道现在已经不存在这种反感了。

兰道夫　是啊！这样就好办了！

玛蒂尔黛夫人　（向兰道夫）嗯，不错！（然后向贝克莱迪）因为在历史上有很清楚的记载——我不清楚你是否知晓——就是因为玛蒂尔黛侯爵夫人和克卢尼院长的求情，教皇才做出让步。亲爱的贝克莱迪，我跟您讲，在当年骑马出游的时候，我就是想要把这个事实告诉他，其实我并没有他想象中的那么铁石心肠。

贝克莱迪　那太好了，亲爱的侯爵夫人！您还真是历史的忠实信徒……

兰道夫　刚好。这样夫人就没必要化两次装了，只要穿上托斯卡那的侯爵夫人的衣服和主教大人一起去和他告辞就行了。

医生　（慌张地全力阻止）不可以这样！千万不要这么做！否则就坏事了！必须要给他一种非常突然的具有强烈对比印象的感觉。不可以，绝对不行。侯爵夫人，还是我们一起去见他：您还是继续扮演着他的岳母阿德拉依黛公爵夫人吧。第一步就是要让他知道我们都离开了，这是事关成败的一个环节。来吧，我们无须再浪费时间了，还有很多事情得花时间去准备呢。

〔医生、玛蒂尔黛夫人和兰道夫从右边的那道门走了下去。

芙丽达　我觉得又有一股强大的恐怖将我罩住了……

狄·诺里　又担忧受怕了吗，芙丽达？

芙丽达　倘若我再过去见过他一眼的话，也不至于这样……

狄·诺里　你应该知道，根本就没有害怕的必要。

芙丽达　他不狂躁吗？

狄·诺里　当然！他非常安静。

贝克莱迪　（装出一副可怜兮兮的样子进行嘲讽）他一直被孤单痛苦所

包围，难道你不知道你是他的爱人吗？

芙丽达 谢谢您！这也是我为此感到害怕的根源。

贝克莱迪 放心，他绝不会伤害你。

狄·诺里 而且，只要那么一会儿就结束了。

芙丽达 是啊，但那里一团漆黑！和他……

狄·诺里 只要待上一会儿，我还在你的身边呢，还有其他的这些人都会在门后边待着的，他们随时都可以冲进来帮我们。你知道吗，只要你母亲一出现，你就可以下场了。

贝克莱迪 我其实也害怕，我怕的是竹篮打水一场空！

狄·诺里 不要讲了！我很相信这种治疗方法，一定会取得非常有效的作用！

芙丽达 我也这样认为，我也这样认为！我已经能感觉到自己的浑身都在发抖了！

贝克莱迪 只是，我亲爱的朋友们，你们不知道这些疯了的人都有一种令他们自己都不自觉的无法想象的幸福。

狄·诺里 （不满地打断他）狗屁幸福！不要胡说八道！

贝克莱迪 （大声地）就是——他们都无法推理！

狄·诺里 请问一下，推理和我们的这次治疗有一点关系没有？

贝克莱迪 你说什么？难道你不觉得，一旦她（指芙丽达）和她母亲一同出现在他的面前时，他要做的事在我们眼里不就是要进行一次推理吗？因为这是我们设计好的计划。

狄·诺里 不是的！根本没这回事！说什么推理不推理？就像医生说的那样，我们要做的就是把自己在幻觉中臆造的两个形象活生生地都展示在他面前而已！

贝克莱迪 （突然地说）你想一下，我还真搞不懂他们为什么会是医学博士！

狄·诺里 （吃惊地）谁啊？

贝克莱迪 精神病医生他们！

狄·诺里 哦，你说他们是什么博士来着？

芙丽达 他们是专门治疗精神病的医生。

贝克莱迪 是的！亲爱的，只是我觉得应当说他们是法学博士。因为那是一个高谈阔论的行当。谁最能瞎编胡扯，谁就是老大！说什么"变化空间"，什么"时间差距"等，他们还在之前就高调地宣布自己不会创造奇迹，而实际上，他们就是渴望有个奇迹能出现！只是他们懂得，他们越是说自己不能施展魔术来显示奇迹，越能让别人信任他们工作的严谨，于是，人们就这么被骗了。说不创造奇迹，那就是一句冠冕堂皇的假话！

白托尔多 （站在右边那道门前把风，透过钥匙孔朝另一边探视）他们过来了！过来了！他们在打手势，意思马上就要过来了。

狄·诺里 是吗？

白托尔多 我觉得他是打算要送他们一程……没错，没错，是他过来了，来了！

狄·诺里 那我们都赶紧走吧！赶紧地！（走出门后就朝白托尔多说）您还是留在这儿！

白托尔多 我必须留下吗？

〔狄·诺里、芙丽达，还有贝克莱迪几个慌慌张张地从正门下去，没有搭理白托尔多，这样使他惊慌失措，不知怎么办才好。右边的门被打开了，兰道夫在前边弯腰屈膝地引路，接着是和第一幕里一样的情形，穿着长袍、头戴金冠的玛蒂尔黛侯爵夫人及身穿克卢尼主教道袍的医生走了出来，亨利四世则穿着皇袍走在他们中间，奥杜夫和阿里亚尔多尾随在后。

亨利四世　（继续他们刚刚在隔壁谈的话题）我问您，如果有人说我为人顽固，那怎么能说我又是狡猾的呢？

医生　不是的，您一点也不顽固！

亨利四世　（得意扬扬地笑着）那么，在您眼里，我就是个实实在在的狡猾之人了？

医生　不，不，您既不顽固，也不狡猾。

亨利四世　主教大人，如果顽固与狡猾是不能共存的互相冲突的品质，那我还是希望您把我的顽固全部否定之后时，至少能给我留下一点点狡猾的品性。请您相信，我可真的是太需要这些了！除非，您是想把所有的狡猾都留给自己。

医生　哦，我自己吗？您难道觉得我非常狡猾吗？

亨利四世　不是的，主教大人！您怎么这么说呢！您可绝对不是那样的！（突然终止了话题，转向玛蒂尔黛夫人）请您允许我在这门槛上与公爵夫人说几句悄悄话。（于是把她带到一边，非常神秘而急急忙忙地问她）您对您的女儿真心疼惜吗？

玛蒂尔黛夫人　（吃惊的）是啊，那是当然。

亨利四世　那么您希望我用全部生命的爱情和我海枯石烂的坚贞去补偿我对她犯下的错吗？如果是的话，请您千万不要轻信那些敌人诋毁我生活放荡的风言风语。

玛蒂尔黛夫人　不，我一直不信，我从未信过。

亨利四世　好的，这么说，您是愿意的，是吗？

玛蒂尔黛夫人 （怔住了）愿意什么啊？

亨利四世 愿意我再去爱您女儿一次吗？（望着她，又马上用失落的语气说了一句）您可千万不要和托斯卡那的侯爵夫人做朋友啊！

玛蒂尔黛夫人 我再和您讲一遍，为了让您能够得到教皇的赦免，她为此做出的努力和苦求可一点都不比我们的少。

亨利四世 （马上全身颤抖，压低声调）看在老天的面上，求您不要说这些！您不要说这些话了！您没看到这些话对我有很大的刺激作用吗？

玛蒂尔黛夫人 （盯着他，然后把声音压低得几乎听不见，好像在说什么绝密信息一样）您还爱着她吗？

亨利四世 （诧异地）还爱她？您为什么要这样问我？可能您是知道这件事的？所有人都不知道！所有人都不知道！

玛蒂尔黛夫人 但她可能是知道的啊，所以她才那么费尽心思地为您求情！

亨利四世 （盯着她看了一会儿，然后问）您爱您的女儿吗？（沉默一会儿，笑着转向医生）噢，主教大人啊，我是过了很久之后才感觉到我有了一个妻子，这是真话……现在我应该也还是有妻子的，不可否定我是有妻子的。我敢向您起誓，我几乎从未将她想起，这是一种罪。当然我不曾想起她，我的心里也就没有她。只是很奇怪，令人意想不到的是她的母亲心里竟然没有装着她！夫人，请您老实说，您应该不怎么关心她吧。（气鼓鼓地跟医生）她竟然和我说其他的一个女人！（更加气愤地）她还一而再、再而三地跟我提起她，我真的想不明白她为何如此地穷追不放。

兰道夫 （恭敬地）陛下，也许只是为了让您不要对托斯卡那的侯爵夫人再持有那种成见。（他为自己的打岔感到吃惊，赶紧解释）我是说，只是现在……

亨利四世 因为你也觉得她对我很友爱，是吗？

兰道夫 是的，陛下，实际上就是如此！

玛蒂尔黛夫人 是的，正是如此。

亨利四世 我知道了。你们的意思是说，你们根本不相信我对她的爱。我知道了，我终于知道了。从来没人相信，也从未让任何人怀疑过。这样不是更好啊！无须去讲了！无须去讲了！（他完全变换了一副脸孔向医生）主教大人，难道您看不出来吗？教皇这次恢复我教籍的根据竟然和当初他开除我教籍的原因一点关系都没有！您去向教皇格里戈利转告一声，就说我们会在布列萨诺内见面。而您呢，夫人，如果您在您那位侯爵夫人的城堡里恰好碰到您朋友的女儿在空地上散步的话，您想知道我要麻烦您做点什么吗？您就要她高高地抬起头来仰望着，仰望着我来迎娶她的日子，那一天我会待她如皇后和妻子般，紧紧搂着她。在之前有很多女人在我面前摹仿她——但我一想起她，有时我真的很渴望得到她，〔这也没有不好意思的，毕竟她是我妻子啊！——可是，她们却一边跟我说自己是贝尔塔，来自苏萨，但不知什么原因，她们一边嘻嘻哈哈地笑了起来！（好像很信任的样子）您知道吗？我们就一同躺着，在床上时，我就会脱下这件衣服，她当然也会脱……嗯，老天呀，一个男人和一个女人，就那样赤裸着身子，很正常地就……我们不会再计较对方是谁了。衣服被甩得到处都是，之后的一切就如痴如梦了。（又换了一种语气，很诚恳地对医生）主教大人，我觉得，一般情况下，梦幻实际上就是一种轻微的精神紊乱。在梦境里的那些幻象会出现，有时会在白天睁着眼的时候出现，那真的太吓人了。每次在夜里，我就会看见许许多多人影在我面前晃动，然后从马上跳下来，在一起嬉闹取乐，我的心里很害怕。在那冷寂的长夜里，我时常被自己那血液在血管里奔腾的声音吓到，我觉得那些声音听上去就像是从远方传来的沉重的脚步声……先不说了，我让你们站得太久了。真心感谢您，夫人，谢谢您，主教大人。（把客人送到正门口。等到玛蒂尔黛夫人和医生都离开之后，他赶紧关上门，又立即一个转身，语气遽变）真是些小丑！小丑！小丑！简直和一架彩色的钢琴没两样！之前我已经按过了这些白的、红的、黄的、绿的按键了……这次那个彼得罗·达米亚尼没有出现。——哈！哈！哈！真是太好了！我说中了他的痛处！——他肯定不敢再出现在我的面前了！（愉快地说着，激动的神情溢于言表，在那房间里来回踱动着。忽然，他发现了那个被自己的反常发作吓得面如死灰的白托尔多，于是停了下来，把他指给其余的三个人看，他们也是目瞪口呆）你们快来看看这头蠢驴吧，他合不拢嘴了，那双眼睛盯着我一动不动的……（去摇了下他的肩膀）你还不清楚吗？你看不出来我实际上是在玩弄他们，任意摆布他们吗？我把他们所有人都召进来，然后差点把这些小丑的胆吓破！哦，他们就是害怕如此！他们怕我把紧紧包裹在他们身上那虚伪的皮囊撕毁，让他们的伪装被戳穿；好像并不是被我逼迫他们才装疯卖傻一样地戴着各式伪装来配合我装疯一样！

兰道夫、阿里亚尔多、奥杜夫（面面相觑，既惊恐不安，又疑惑不解）

什么？他说的是什么？这到底是什么情况？

亨利四世 （非常专横地命令他们停止惊叫）够了！不要吵！我已经被
吵得烦死了！（接着他又好像不想善罢甘休一样地去琢磨另一件
事情，显得很不相信一样）老天啊，她现在竟然还不知廉耻地把
自己的情人带到我面前来……并且为了不激怒我这个与世隔绝、
在生活之外的、被时代所抛弃的可怜人，他们还表现出一种极
大的怜悯之情！——哼，否则，你们试着想一下，这个承受了
那么多次伤害的人将会有什么样的感受！——他们无时无刻不
想着去摆布别人，那样做难道不是对他人的一种迫害吗？不！
不！这就是他们思考的方式、观察的途径、感觉的方法。每个
人的这些方式都不相同。当然你们也有自己的方式，不是吗？
不过！你们的方式是怎样的呢？是那种绵羊式的！极其懦弱，
毫无主见，对事拿不定主意，立场左右摇摆……这些弱点就成
为别人利用的工具，能够让你们心甘情愿地、服服帖帖地去接
受他们对你们的摆布，最后，让你们失去自己的想法、立场而
成为他们中的一员！嘿，这就是他们的目的！因为那样就能强
迫他人接受，去传播谣言！谣言允许任何人随意地去歪解，去
传播。唉，这样下去，那种所谓的舆论就诞生了！如果一个人
某天发现，这个世界上的每一个人嘴巴里重复着的那个词竟然
能和自己全对上号时，那么这个人将陷入极其不幸的情景中，
那个词可能是"疯子"啊；当然我一下子也想不起其他的什么
来——对了，比如"傻子"啊！你们想想看，当你发觉有些人
乐此不疲地一遇见人就跟人家说一些他的观点，并强迫别人都
接受他对你的这种观点。比如，在他的传播下，让你那个"疯

子"之类的标签为大众所知，成为一种舆论时，你还能平静地不闻不问吗？我此时跟你们这么讲，可没有一点开玩笑的意思！就在我那次从马上坠下，把头摔伤之前……（发现这四个年轻人都惊恐万分的神情，马上打住话题）你们在相互挤眉弄眼吗？（还夸张地模仿他们的那些惊恐的表情）嘿！你们有什么发现？——我还是个疯子吗？唉，不说了，我还是，我仍然是个疯子！（粗暴地跃起）那么，你们都跪下！马上给我跪下！（强迫他们全都跪下）我现在命令你们都面对着我跪下！对我叩三个响头！快叩吧！在一个疯子面前不都得如此吗！（看到他们服服帖帖地跪下，怒气马上消失，鄙视地）起来吧，小羊们，站起来吧！——你们真的听我的命令？你们去给我穿上那件疯人的紧身衣吧……一句话的重量难道可以把一个人压倒吗？当然，那实在太简单了！就好像压死一只蚊子，有什么大不了的！很多人的一生就被那些风言风语给倾轧着！被死去的人倾轧着——你们看着我，难道你们真的以为亨利四世还在世上吗？但是，你们还是看见我在发号施令，在摆弄着你们这些活着的人。我命令你们如此！你们不觉得这样的复活很搞笑吗？当然，在这大厅里的一切都只是个玩笑而已。你们得出去看看，去那个活生生的世界里去。那里的太阳正冉冉升起，时间就在你前面牵引着你。这是一个清晨啊。你们应该说："我们一定要痛快地去享受眼前的日子！"你们是这样去做的吗？那些古板的老规矩，那些习惯，都去死吧！你们在交谈着！把那些死去的人的陈词滥调重复地嚼着！你们以为自己是活着的吗？你们只不过把那些死去的人曾经的经历重新再演绎一遍而已！（突然走到呆住了的白托尔多身边）

你还是一窍不通吧，是吧？你叫什么名字来着？

白托尔多　我吗？……哦……白托尔多。

亨利四世　去你的白托尔多，蠢驴！跟我说真话，你到底叫什么名字？

白托尔多　是真的……真的，我……我是菲诺。

亨利四世　（发觉另外的三人在打着手势警告他不要乱说，马上翻过去制止）是菲诺吗？

白托尔多　是菲诺·帕格留卡，先生。

亨利四世　（又跟其他三人讲）我可常常听到你们的互相称呼！（向兰道夫）你是洛洛，对吗，年轻人？

兰道夫　是的，先生……（突然惊喜地叫起来）啊，天啊……那是不是……

亨利四世　（不满地反问）是什么？

兰道夫　（脸色一下子全白了）没什么……我是说……

亨利四世　你是说我不是疯子，是吗？不是的。难道你们还看不清我是怎样的吗？——我们只是在偷偷地和那些以为我是疯子的人开开玩笑。（对阿里亚尔多）我知道你的名字，你是弗朗科……（对奥杜夫）你是谁呢，我得想想看。

奥杜夫　莫莫。

亨利四世　哦！是的，是叫莫莫！很好听的一个名字！

兰道夫　（同前）难道……哦，我的老天！

亨利四世　（同前）你在说什么？什么也不要说！现在让我们一同放开嗓子痛快地大笑一场吧……（大笑）哈哈哈……

兰道夫、阿里亚尔多、奥杜夫　（很不解而又迷茫地互相交换着眼神，惊喜交加）他已经不犯病了？这是真的吗？这到底是怎么一回事啊？

亨利四世 （对白托尔多）你为什么不笑呢？你是不是仍然生我的气？不要生气！我说的人可不是你啊，明白吗？——你知道为什么要把这个人关起来吗？找了一些什么样的借口去让所有人都相信这是个疯子。你清楚吗？你知道这是为了什么吗？就是不想听到这个人再次开口说话，对于刚刚离开的那几个人，我要作何评价呢？那女的是个淫荡的娼妇，一个男的是无耻的嫖客，还有一个是江湖骗子……这可不是真的吧！因为没有人会相信啊！而且所有人一旦听到这种话都会吓得要死。那么，我不明白的是，假如这都是一些假话的话，为什么这些人会如此害怕呢？——疯子的话可不能轻信啊！还有，一旦他们听到这些话，马上就吓得两眼发直，这是什么原因呢？你解释一下，你解释一下，这是什么原因？你看到此刻的我很平静。

白托尔多 因为……也许他们认为是……

亨利四世 不，亲爱的……不，亲爱的……你看着我的眼睛……我没有说那一定是真的，你不要担心！世界上没有任何东西是真实的！你看着我，看着我的眼睛！

白托尔多 好，好的，会有什么呢？

亨利四世 你从那里看到了自己吗？看到了吗？现在的你，满眼都是恐惧！是因为你还是把我当疯子对待！这就是缘由！这就是缘由！

兰道夫 （激怒了的他鼓起了勇气，作为他们的代表说话了）什么缘由？

亨利四世 就是你们所反应出来的惊恐，因为在你们的眼里，我就是一个疯子,我现在又在发疯了!或许你们一直就是这么认为的;无论是过去还是现在,在你们的眼里我都是一个十足的疯子!不是吗?(同时紧紧地盯着他们,盯得他们心惊胆战)你们明白吗?这种慌张的感觉会演变成恐惧,就像忽然拔掉你脚下的那块土地,夺走你们赖以生存的空气,就是一种这样的致命的恐惧。勇敢点吧,年轻人啊!因为你们根本不知道怎么去面对一个这样的疯子,不知道这些到底意味着什么?因为你们眼前的这个疯子,他摇动了你们的内心及你们身边的社会所搭建一切的根基;他不管什么逻辑,他将你们那包罗万象的逻辑踩在脚下!——哈哈,你们又能怎么办呢?对于疯子而言,逻辑是无用的,他们真的很幸运啊!也许,他们也会拥有和羽毛差不多的起伏飘荡的逻辑!变化多端!今天如此,明天又将如何?你们墨守成规,但他们可对一切都无所谓!一切都有可能发生,一切都有可能发生的!你们经常说:"根本没有这回事!"而对于疯子而言,没有什么是不可能的。你们都说根本没有,是为什么?因为你,你,你(指着他们三人),加上那千千万万的人都是这么看的,都说这根本没有。唉,年轻人啊!你们得去了解那被千千万万的正常人认为是真实的东西了,他们达成了共同的见解,还创造了辉煌的奇迹,看那逻辑之花漫天绽放!我还记得,在我还是个孩子的时候,我就曾相信那水中月是真实的。曾经,我相信的东西实在太多太多了!别人跟我讲的一切我都相信,我是那么轻松快乐!因为,如果你觉得今天的很多看上去很真实的东西值得你去怀疑,但到了明天它还是真实的,虽然它与过去的那些我们认为是真实的截然相反,这就非常恐怖了!假如你们和我一样，也对这些让人吃惊的现象寻根问底地思索的话，那你们也可能会被他们搞得发狂的；真是太可怕了！假如你们靠近一个人，盯着他的眼睛——就如同我曾经注视过的那些眼睛一样——你们会发现自己就像一个可怜兮兮的乞丐那样站在一扇永远都无法开启的大门前面，有人能走进去，但那个人可绝不会是你们。你们也有属于你们自己的能感觉得到和能体验得着的内心世界，而别人同样也拥有，他也无法了解你……

〔一阵长时间的静默。大厅的夜幕降临了，这样四个年轻人那种恐惧感越来越强；他们离亨利四世远远的，躲着他。亨利四世屏气凝神地在思考着，他考虑的不仅仅是他自己的事，还是整个人世的大不幸。后来他突然从那阵沉思中惊醒了过来，仿佛看不到那四个年轻人一样，准备去寻找他们。

亨利四世 天很黑了。

奥杜夫 （马上走了过去）要我把灯拿过来吗？

亨利四世 （嘲讽地）灯吗？是啊……你们以为我真的不知道吗？每次我拿着那个油灯回去睡觉之后，你们就立马打开了电灯——就在这间屋子里和旁边的那王座大厅里，我只是假装不知道而已。

奥杜夫 哦！那我现在就去把电灯打开吧？

亨利四世 算了，那灯会把我的眼睛照瞎的，我还是用自己的油灯。

奥杜夫 马上就好，我已经把它准备好在门外了。（走到正门那去，打开了门，走了出去，马上就拿了一盏顶端有个小环的古老的油灯走了回来。）

亨利四世 （接过了灯，然后指了指摆在平台上的桌子）现在这边有点亮了。你们都去那边坐下吧。不要这副模样！让自己显得轻松点，姿态再放自然一些吧……（对阿里亚尔多）是啊，你这样可以……（拨弄了一下他的姿势，向白托尔多）你这样子吧……（纠正一下他的姿势）这样就行了……（他自己也坐了下来）我坐这吧……（把头朝着一扇窗户）最好能跟月亮借点银辉来给这个夜增添点精彩……月亮可是我们的好朋友。我离不开它，我常常透过窗户凝视着它来思考问题。看着它，谁能相信它已经见证了800年的岁月流逝，而如今凭窗吊月的已经不是当年的亨利四世了，而是一个非常普通的可怜虫呢？你们看看吧，多么壮丽美好的夜景：皇帝与那些忠诚的顾问们相依相偎……你们不觉得很好吗？

兰道夫 （跟阿里亚尔多窃窃私语，生怕打扰了陶醉中的亨利四世）嘿，你弄清楚了吗？真没想到他竟没有真的……

亨利四世 没有真的什么？什么啊？

兰道夫 （犹豫了一下赶紧给自己辩解）不……是这样的……因为他（指着白托尔多）他刚加入我们……我啊，在今早上还跟他说：真是可惜了，我们衣着华丽，还有许多好衣服摆在衣橱里呢……而且那间大厅的布置是那么的（指着王座大厅）……

亨利四世 说什么？你说可惜了什么？

兰道夫 是的啊……我们都不明白。

亨利四世 不明白这原来是一场玩笑？

兰道夫 因为我们都以为……

阿里亚尔多 （帮腔道）是这样的……是真的啊！

亨利四世 你们说什么呢？你们怀疑这不是真的，是吗？

兰道夫 哦，那您认为是……

亨利四世 我觉得你们都是些傻瓜！你们应该学会怎么去自己骗自

己；不要仅仅在我的面前或者那些来访的人面前演戏，而是不管碰到谁，都应该把这些表演当作很自然的事，（来到白托尔多的面前，挽着他的胳臂）你当然也能像这个扮演的人物这样吃饭、睡觉；如果你感觉自己的背上很痒，也可以很自然地挠一下；（也跟其他人说）要深刻地去体会你们活在11世纪，你们身处你们国王亨利四世的宫殿之内！你们站在这里，透过我们这绚丽多彩而又像古墓一般死寂的远离尘世的世界一角远远望去，去看看那些800年之后的，身处20世纪的这些芸芸众生们钩心斗角、相互算计、明争暗斗，混战成一团；他们挣扎于那无穷无尽的痛苦之中，极力想自己掌控自己的命运，拼尽全力去摆脱那些束缚着纠缠着他们的事情。但是你们可不是的，因为你们和我在一起了！我们已经埋葬在那历史的深处！我拥有着悲惨的命运，恐怖透顶的遭遇，还有那充满不间断的激烈斗争，那是个尝尽苦头的过程，但是，这一切都已作古了，不会有任何改变，也无法有任何改变，你们明白吗？这都已经是一个没有任何变化的定局。所以，你们大可以在这中间安逸地享受着这一切，而且还可以欣赏下这人世的变化无常及那无法琢磨的前因后果，还有那隐藏其中的绝妙的逻辑，这里发生的任何事情都是被精确计算的，每个细节按照之前的意料巧妙地发生着。总之，这多么有趣啊，这种对历史的重复是多么的伟大啊。

兰道夫　是啊，太好了！

亨利四世　实在很好，但已经结束了！你们都明白吗，我如今不可能再这样继续下去！（提着油灯往卧室走去）如果事到如今，你们还是不知其中缘由的话，你们也是无法继续下去的。如今我已经完全没兴趣了。(自言自语地发泄着自己的不满与愤懑之气)天啊!我一定会让她后悔出现在这里!她竟然还敢假扮成我的岳母……他竟然假扮成修道院的神父……他们竟然还请了一位医生来给我治疗……谁都明白他们是没有计划要把我治好的……真是些小丑!至少该把他们中的一个人扇一个耳光!就扇他吧——听说他还是一个很有名气的使剑高手,他能用剑刺死我的……等着看吧!等着看吧……(听到有人在敲门)谁啊?

乔万尼的声音 Deo Gratias^①。

阿里亚尔多 (满脸笑容,觉得可以好好地开个玩笑)噢!是乔万尼呢,是那个每天晚上都来扮演修士的乔万尼呢!

奥杜夫 (高兴地搓着手)是他呢,是他,我们来好好捉弄他一下吧!玩一下他!

亨利四世 (陡然板着脸,严厉地)笨蛋!你们为何这样做?为何要捉弄一个因为爱我而出现的可怜的老人呢?

兰道夫 (向奥杜夫)应该还是把这一切当成是真的一样对待!你还不清楚吗?

亨利四世 是的!把假戏真做!只有这样才能不丢人现眼!(打开门让乔万尼进来,他打扮成一个很穷的修士模样,用胳膊挟着一卷羊皮纸走了过来)欢迎,欢迎,神父!(然后换了一种很哀怨的语气认真地说)所有那些与我的身世及国王身份有关的文件资料,只要有丝毫对我有好处的,都早被我的那些敌人们特意销毁了。幸好还有一件有幸保存了下来,那就是有那么一个拥戴我的穷

---

①拉丁语,意思为"感谢上帝"。

修士一直坚持给我写自传。你们还要来捉弄他吗？（他亲热地望着乔万尼，要他在桌子前面坐下）请坐吧，尊敬的神父，请坐在这儿。我用灯照亮你的笔墨。（于是把那个一直提在手里的灯摆在他的身边）开始写吧，写吧。

乔万尼　（打开卷起来的羊皮纸，开始准备做记录）我已经准备好了，陛下！

亨利四世　（口述着）在马贡查颁布了和平的律令，是为了给予善良的穷人们幸福，严惩那些土豪恶霸。

〔幕布开始闭合。

亨利四世让善良的穷人得以安居乐业；让土豪恶霸得以饥寒穷困。

〔幕落〕

第三幕

〔王座大厅里伸手不见五指,只能影影绰绰地瞧见正面的那堵墙壁。那两张画像都已经撤了下来,芙丽达和卡尔洛·狄·诺里分别化好妆站在画像原来的那个相框里面的壁龛中间。他们分别扮演着托斯卡那的侯爵夫人及亨利四世,按之前的画像摆了个一模一样的造型。

〔幕布开启,舞台一片空寂。等了一会儿,提着油灯的亨利四世从左边的那扇门走了进来,还一边扭过头去和身边的四个年轻人交谈着,就和第二幕结尾时差不多,他们与乔万尼一起出现在隔壁的大厅中间。

亨利四世　不要了,你们不要过来,你们不要过来,我自己能行。晚安。

（关上了门,闷闷不乐地拖着那疲惫步子穿过了大厅,朝那扇通往他卧室的右边的第二道门走了过去。）

芙丽达　（看到他走了过来,整个人马上被吓得半死不活一样地低声叫唤着他）亨利……

亨利四世　（好像听到了呼唤声，就如同在没有任何防御的情况下被人从背后捅了一刀，吓得魂飞魄散一般地赶紧把脸转向正面的那扇墙壁上，不自觉地举起自己的双手，好像准备自我防御一样）谁在叫我啊？（这根本就不是在问话，而像是一声惊悚至极的哀号声。大厅里瞬间被恐怖充斥着，被黑暗而沉寂紧紧包裹。他并没有期待能得到回应，反而以为是自己真的又精神失常了一样。）

芙丽达　（看到他那副惊恐不已的，让自己吓得半死的样子，又用稍微高一点的声调叫唤着）亨利……（虽然她还是愿意把分配给自己的那个任务圆满完成的，但没想到还是忍不住地将头稍稍地探出壁龛，探望着旁边的那个画框。）

亨利四世　（又很大声地惊叫着，赶紧扔掉了油灯；用双手抱着头，像一只老鼠一样地打算逃跑。）

芙丽达　（从壁龛里面跳了出来，在壁板上疯了一样地叫喊）亨利……亨利……我怕啊……我怕啊……

（她口中一阵乱叫，差点就晕倒了。医生、玛蒂尔黛夫人、贝克莱迪、兰道夫、阿里亚尔多、奥杜夫、白托尔多、乔万尼他们一起从左门的那道门走了进来。玛蒂尔黛夫人这时也装扮成了"托斯卡那的侯爵夫人"。其中有一个人赶紧去把大厅里的电灯打开了，这时那些遮蔽在天花板中的很多小灯泡就发出耀眼的光芒，奇怪的是这些光只是把大厅的上半部分照亮了。亨利四世这时还是心有余悸，全身都在不停地抖动着。这些人突然全部出现让他惊讶不已，他不禁呆呆地望着他们。没有人理会亨利四世，都在惊慌失措地跑到芙丽达那边看她的情况。她已经晕倒在了自己那未婚夫的怀里，全身还是不停地颤抖着，不断地发出呻吟声。所有人东一句西一句地说些安慰她的话。)

狄·诺里　不要怕，不要怕，芙丽达……我在这呢……我会一直在你的身边陪伴着你的！

医生　(和其他的人一同走了过来)没事了！没事了！没必要再做什么了。

玛蒂尔黛夫人　他已经痊愈了，看看吧！芙丽达！你看他已经好了啊！看到了吗？

狄·诺里　(很吃惊)好了吗？

贝克莱迪　这只是开个玩笑，你不要这么当真！

芙丽达　(同前)不是的，我很害怕！我的确很害怕呀！

玛蒂尔黛夫人　你怕什么呢？你看他，他根本就不是真疯！是假的！

狄·诺里　(很吃惊)您说什么呢？是假的吗？他真的痊愈了吗？

医生　真的如此！我觉得这是……

贝克莱迪　是的！他们几个(指四个青年)早就告诉我们了呢！

玛蒂尔黛夫人　是啊，早就和我们说了的！他把实话告诉了他们！

狄·诺里　(此时愤怒掩盖了吃惊)这到底是怎么回事？刚才不都还是……

贝克莱迪　哼！他刚刚就是在演戏，他在背地里瞧不起我们这所有的人，难怪我们还相信他是……

狄·诺里　这有可能吗？难道对他那即将离世的姐姐也一直隐瞒真相吗？

亨利四世　(被周边的一片呵斥和讽刺声给包围了——因为所有人都关注刚刚那个大家都认同的已经被揭露了的真相，认为他开了一个非帛残酷的大玩笑——他一声不吭地瞅瞅这个，又看看那个，不时地有些光在他的眼睛里闪烁着，表明他正在心里准备报复他们，只是还处于盛怒之中，让他一会儿还找不到很好的办法来对付他们。他揣着自己那颗伤痕累累的心，下决心要把这些人设计好的假圈套都当真的对待，于是他跟自己那外甥喊道）继续说！继续说吧！

狄·诺里　（对他的突然叫喊感到非常意外）继续说什么啊？

亨利四世　死的可不只是"你的"姐姐啊！

狄·诺里　（同前）你说是我的姐姐！我是说你的姐姐呢！她直到死之前就一直被你逼着来充当你母亲安妮丝的角色！

亨利四世　她难道不是"你的"母亲吗？

狄·诺里　是我的母亲啊，肯定是我母亲啊！

亨利四世　对于我这个老得像文物一样的人来说，你母亲早就已经死了！但是你这个年轻人才刚刚从那上面（指画框）蹦出来！你知道什么呢？我的打扮虽然和你的模样一样，难道就能说我也不会在背后为她伤心落泪吗？

玛蒂尔黛夫人　（很慌张地扫视了下周边的人）他刚才说什么呢？

医生　（唏嘘不已地在一旁观察他）请慢点讲！请慢点讲！

亨利四世　我能说什么呢？我是在问你们，安妮丝难道不是亨利四世的母亲吗！（转向芙丽达，好像她就是真正的托斯卡那的侯爵夫人）您说，侯爵夫人，我想您是最清楚的了！

芙丽达　（仍然还是很害怕，更加紧紧地拉着狄·诺里）不要！我什么都不知道！我什么都不知道！

医生　他的疯病又发作了……别吵嚷，先生们！

贝克莱迪　（非常气愤）那不是疯病，医生！只是他又在演戏而已啊！

亨利四世 （立即接话）你说我吗？你们竟然把画像拿走了，还安排他扮成亨利四世来到我面前。

贝克莱迪 这个玩笑开得已经差不多了啊！

亨利四世 谁说这是开玩笑？

医生 （大声地向贝克莱迪）看在老天的面上，请您不要惹他！

贝克莱迪 （根本没理会医生的话，更加大声地说）是他们几个说的！（指那四个年轻人）是他们！是他们！

亨利四世 （转身望着他们）是你们？是你们说这是开玩笑吗？

兰道夫 （战战兢兢又有点拘谨地）我真的没有那样说……我们只是说您已经痊愈了。

贝克莱迪 行了，不要说了，你滚一边去！（转向玛蒂尔黛夫人）您难道不觉得他（指狄·诺里）一身这样的打扮来拜访，是非常幼稚而不理智的行为吗？

玛蒂尔黛夫人 您不要说了！只要他能够真的痊愈就是大幸，谁还在乎穿的是什么呢？

亨利四世 好了，是啊！我已经全好了！（向贝克莱迪）哼，但是我不会如你所想的那样不堪一击！（紧紧地逼近他）您知道这20年来，可从来没有人像您和这位先生（指医生）这么大胆地出现在我的面前吗？

贝克莱迪 我当然知道啊，当然！事实上，今天早上我第一次来的时候就穿上了。

亨利四世 假扮成修士，套了一件道袍，这个我知道！

贝克莱迪 但是你当时把我当作彼得罗·达米亚尼！我当时忍住了没笑，因为我觉得……

亨利四世 觉得我只是疯子！现在我已经正常了，她竟然还是这副打扮，你难道不觉得好笑吗？也许你应该能预料到，在我的眼里，她现在的样貌，现在已经……（做了一个鄙夷的姿势，打住不说了）唉！（马上转向医生）我想您就是医生了？

医生 呃！我，是的……

亨利四世 是您的主意吧！把她又装扮成托斯卡那的侯爵夫人，是吗？您清楚吗，医生，就是您的这个主意差点儿就让我一瞬间陷入神志混乱的状态之中了。老天啊，你竟然想到让这画像开口，让活人从那相框里蹦出来……（审视着芙丽达和狄·诺里，然后又看了看侯爵夫人，最后又看了下自己的穿着）嘿，真的是完美的搭配……有两对……真的太好了，医生，对一个疯子而言，这是一个很好的安排……（轻轻地用手指点了点贝克莱迪）此时，他竟然还以为这就是一场过时了的化装晚会，嘿，（转向他）现在我就把这些衣服脱掉，和你一起走，行吗？

贝克莱迪 和我一起吗？是和我们大家一起呢！

亨利四世 去哪呢？难道是沙龙吗？去穿着燕尾服，打着白领带吗？要么，我们两人再一同去侯爵夫人家吗？

贝克莱迪 你爱去哪儿去哪儿！我问一下，难道你想继续在这儿装疯卖傻地继续着当年化装晚会上的那个不幸的玩笑吗？真的无法想象，自从你那次坠马事件恢复过来之后，怎么会做那种事啊！

亨利四世 怎么回事，假如你想知道的话，那次我从马背上摔下来后，头部受了伤，之后不知道到底疯了多久。

医生 啊！真的如此吗！真的如此吗！有很久吗？

亨利四世 （赶紧转向医生）是啊，医生，有很久一段时间，大约有 12 年。（又立刻继续与贝克莱迪的话题）亲爱的，所以从那次事故之后，我就再也不知道这事情的发展怎样有利于你，而于我不利了；再也看不到朋友们是如何背信弃义的，如何去占据我的位置，比如……要我怎么说好呢！你就去想象一下，一个人在自己心爱的女人心中的地位吧！当然也不知道谁离世了，谁不见了……这一切的一切，都不是像你说的那样，仅仅是场残酷的玩笑！

贝克莱迪 可是，我并不是讲这个呢，请你原谅！我说的是你好了之后。

亨利四世 哦，是吗？好了以后吗？有那么一天……（打住了，转向医生）很有意思的一个病例，医生！您就来好好研究我一番吧，仔仔细细地研究！（浑身发抖地说）也不知道是什么原因，在那一天，我突然感觉这里边的病（摸了一下额头）好了。我就慢慢地再次张开双眼，刚开始我无法意识到自己到底是在梦里还是清醒着；但是我醒过来了，我摸了摸四周的东西，我又能将这周边的一切看得清清楚楚……嗯，那么，真的如他所说（指贝克莱迪），去把这些人虚伪的外衣都卸下吧！卸去这套枷锁！将窗户打开，去尽情地呼吸着吧！去吧，去吧，让我们去外边走走吧！（语气突然又慢了下来）但是能去何方？能做何事？难道让所有人在我背后指指点点说我这个亨利四世国王吗？也许不是这样，而是被你牵着，去跟所有的朋友嘚瑟吗？

贝克莱迪 绝对不会的！你说这些干什么？为什么要说这样的话呢？

玛蒂尔黛夫人　谁会那么去做啊？也不会有人那么想的，因为那是件多么让人难过的事啊！

亨利四世　但是，你们在以前就说我是疯子！（向贝克莱迪）关于这个，你是最清楚的！你比任何人更加积极地反对那些打算为我说话的人！

贝克莱迪　噢，千万别当真，就当那是开玩笑吧！

亨利四世　你来瞧瞧我这里的头发。（把自己后脑上的头发展现给贝克莱迪看。）

贝克莱迪　我也已经满头灰白了！

亨利四世　是啊，但这白的能比吗？我是扮演亨利四世而在这里闲到白的，你能感受吗？刚开始我是没有什么感觉的。但是突然在那天我恢复了正常，我那时才发现，我的心早已将死，因为我那时马上就意识到老去的不仅仅是满头的头发，就是我整个的人生都已经就这样陷入一片昏暗的海洋一样，一切都瓦解了，消失殆尽了。我就如同一个饥寒交迫的饿汉赶赴一场早已散伙的筵席……

贝克莱迪　唉，可是有人，请您原谅……

亨利四世　（马上接话）我知道啊，有人根本就不会等我痊愈，特别是那些在我背后扎伤我的那匹马的人……

狄·诺里　（急着问）说什么，什么啊？

亨利四世　是啊，那种卑鄙的手段让我的马受到了惊吓而跳了起来，于是我坠马了！

玛蒂尔黛夫人　（立即气呼呼地）但是，我一直到今日才知道有这么回事啊！

亨利四世　把这也当作玩笑话吧!

玛蒂尔黛夫人　这到底是谁干的啊? 那天是谁跟在我们后面?

亨利四世　这个人是谁并不重要! 那些所有在筵席上吃饱喝足的人, 现在就想着要我去感受他们那多多少少的尚未泯灭的良知和怜悯之情, 或者让我去看看在那些油污的盘子里其实还盛着一丁点儿零星的悔过, 谢谢了! (又马上转向医生)医生, 这样的话, 您觉得我的这个情况应该是精神病史上很难一见的吧! 难道不能算是亘古未有的新闻吗! 当我发现在这里为我特意准备的小世界里, 我能找到新的快乐, 此时, 我就选择继续疯下去! 用那种最清醒的感觉来发疯, 借此可以来报复那用石头砸伤我脑袋的卑鄙行为! 当我清醒了之后, 我同时感到了一种前所未有的孤单, 那是一种极端空虚的孤独。我很快就利用那次化装舞会的一切, 就是您(望着玛蒂尔黛夫人, 把芙丽达指给她)出尽风头的那次舞会, 我利用那种光彩和奢华努力地驱赶这种可怕的孤独感。我强迫所有来访的人, 既是看在老天的面子上, 也为了配合我, 所以一直继续着那场化装舞会。现在看来, 那个名噪一时的舞会于你们而言只是片刻的旧时欢娱, 但于我可不是如此! 对我来说, 不是一时的欢娱, 而成了一种永久的现实, 可以让一个真正的疯狂想法得以进行: 在这里, 所有的一切都精心布置, 不仅有着王座大厅, 还配备了四个枢密顾问——他们都不能说是顾问, 而只是些告密的小人! (马上向他们)我非常想问下, 你们告发我这个痊愈的秘密, 到底能拿多少赏金呢? 如果我痊愈了, 你们将不能在这里了, 你们就等着失去工作吧! 和其他人说真话, 那才叫真正的发疯呢! 哈哈, 现在我就把你们都举报了！——你们都知道吗？在背地里，他们常常自作聪明地戏弄我。

（一阵大笑，所有的人都一同笑了起来，只有玛蒂尔黛夫人沉默着。）

贝克莱迪　（向狄·诺里）嘿，你听着吧，他没病了……

狄·诺里　（向四个青年）你们真的那么做过吗？

亨利四世　我请求宽恕他们！这套衣服（抖了下身上的衣服）可是我自愿选择的，我每天固定会进行另一场化装舞会，我会选择这种鲜艳而扎眼的装束，当我们有时候不清楚自己该扮演什么角色的时候，就会在不经意间成为舞台上的小丑（指着贝克莱迪）。请宽恕他们吧，因为他们绝对不能把自己看成是这套身上的服装的主人。（又向贝克莱迪）你知道吗？习惯这种生活其实并不难。就在这样的一间大厅中间，一个人能够轻轻松松地模仿悲剧中那些踱着步子的人物。（模仿悲剧中那些人物的神情）喂，医生！我还记得有一个神父，应该是爱尔兰人，长得仪表堂堂的，在11月份的一天，他坐在公园里的一张椅子上，晒着暖洋洋的太阳就睡着了，他深深地沉醉在那一片闪着金光的和煦的夏天里。绝对能想到，那时的他早已忘记了自己的身份，也忘了身处何处。他慢慢地进入了梦境中！鬼晓得他梦见了什么！一个顽皮的孩子用一根花茎撩拨着他的脖子。只见他微笑着睁开了眼睛，嘴角充满了甜甜的微笑，说明他此时还陶醉在这美妙的梦境之中。使我永远难以忘怀的是，他突然坐了起来，正襟危坐着，在那眼睛里又恢复了之前那股严肃的神气，就如同你们看到我眼里的一样；因为我也像爱尔兰的教士维护天主教的信仰那样，也有那种非常严肃的虔诚，矢志不渝地守卫着世袭君主制的神圣权力。先生们，我已经痊愈了，因为我现在能够痛快淋漓地又发一次疯，并且带着一股冷静！可悲的人其实是你们，是你们在疯癫不已，躁动不安，可怕的是你们置若罔闻，根本就看不到自己是个疯子。

贝克莱迪　你听！这样的话，疯的人倒是我们了！

亨利四世　（强压着怒气）如果不是你们疯了，你和她（指侯爵夫人）会一起出现在我的面前吗？

贝克莱迪　说实话，那是因为相信你疯了，我才会出现。

亨利四世　（旋即指着侯爵夫人质问说）那她是怎么回事？

贝克莱迪　她啊，那我不清楚……我觉得她已经被你刚刚说的这套东西给吸引住了……她也沉迷在了你的这种"清醒的疯狂"之中不知方向了。（转向她）我觉得，您现在穿着这套衣服，真可以在这永远住下去呢，侯爵夫人……

玛蒂尔黛夫人　您真的很过分！

亨利四世　（马上安慰道）不要理他！不要理他！他是在惹人发火。尽管医生早已吩咐他不要如此。（转向贝克莱迪）你想做什么？你的存在只能让我加重对我们之间发生的那件事情的痛恨程度。你和她都在我的那次事故中负有一定的责任！（指侯爵夫人，然后又对她指着贝克莱迪）还有他现在在您的生活中拥有的身份！生活对我如此残忍，但对你可不是这样的！你们一起活着老去，但我却从来没有真正地活过！（向玛蒂尔黛夫人）您听了医生的计划，怀着这种无畏的牺牲精神，化装来扮演角色，是为了证明这个吗？是为了证明这一切的吗？啊，医生啊，我和您讲，您的计划是这样的：“过去的我们是那副模样，都还记得吗？而如今的我们又成了什么模样了呢？”——主意很不错。遗憾的是我并不是您预想中的那种疯子，医生！我当然非常清楚那个人（指狄·诺里）根本就不是我，因为我才是真正的亨利四世：我已经在这里待了20年了。您能想象得到吗？我已经被套在了这永远无法解脱的枷锁之中了！她却生活了20年，逍遥了20年，如今成了这副模样——我都认不出她了，因为我只认识这个样子的她。（指芙丽达，并靠近她）在我的所有回忆里，永远只有一个……你们就像是一群被我吓坏了的小孩子。（向芙丽达）小姑娘，我想你真的被他们安排的这个游戏吓怕了吧！他们从来不会想到，对于我来说，这根本就不是他们想象中的那种游戏，而是真真切切地展现出了一个亘古未有的奇迹：我的梦想依附于你的身上活了过来！你原本只是摆在那里的一张死的画像，但是他们却让你活了过来——你属于我！你属于我！是我的！你只属于我！（他伸出双臂紧紧地抱住她，大声狂笑着。所有人都被吓呆了，当他们都扑过去想将芙丽达从他的怀里夺走时，他又恢复了那副狰狞可怕的神态，并且吩咐他的四个顾问）拦住他们！拦住他们！我命令你们拦住这些人！

〔四个青年此刻都被吓蒙了，只能懵懵懂懂地执行他的命令，象征性地抓住狄·诺里、医生及贝克莱迪。

贝克莱迪　（立即挣脱他们，朝亨利四世扑了过去）你赶紧放开她！你快放开她！你没有疯！

亨利四世　（敏捷地从站在身旁的兰道夫身上拔出了宝剑）谁说我不是疯子啊？来吧，看剑吧！（一剑刺中了他的腹部。）

（一声剧烈的哀号。所有人全跑过去扶了贝克莱迪，一阵骚动叫嚷。）

狄·诺里　他刺了你吗？

白托尔多　他受伤了！他受伤了！

医生　我早就说他不应该来的！

芙丽达　噢，老天！

狄·诺里　芙丽达，你赶快过来吧！

玛蒂尔黛夫人　他是个疯子！他是个疯子！

狄·诺里　把他抬走！

贝克莱迪　（当所有人把他从左边的那扇门抬出去时，还在大声地抗议
　　着）不是啊！你没有疯！他没有疯！他没有疯啊！

　　〔人们附和着呼喊一起从左边的那扇门走了出去，还跟着在后面
　　继续叫嚷着，传来了玛蒂尔黛夫人那比其他人更加尖厉的呼叫声，
　　紧接着又安静下来。

亨利四世　（还待在舞台上，两眼睁得圆鼓鼓的，站在兰道夫、阿里亚
　　尔多和奥杜夫中间，他被这让自己犯罪的假装的身份吓呆了）如今，
　　是啊……不得不这样了……我们（把他们都叫到身边，好像要躲
　　在他们中间一样）要永远的……一起老死在这里……一起老死在
　　这了！

〔幕落〕

——剧终

附录一 皮兰德娄年表

1867年　6月28日，路易吉·皮兰德娄出生于意大利西西里岛阿格
　　　　里真托镇南部的一个名叫卡奥斯的富裕之家。

1886年　在巴勒摩大学学习文学。

1887年　自巴勒摩大学转入罗马大学。

1889年　前往德国波恩大学进修，开始刊登作品，发表诗集《欢乐
　　　　的痛苦》。

1891年　凭借阿格里真托镇方言的研究论文取得博士学位。

1893年　开始创作第一部小说《被抛弃的女人》。

1894年　迎娶马莉亚·安东尼叶达·波多雷诺小姐。出版《没有爱
　　　　的爱情》。

1897年　在罗马女子高等师范学校任职教师，教授文学和修辞学。

1898年　出版独幕剧《老虎钳》（原名《收场白》）。

1902年　出版小说《旋转游乐场》《当我发狂时》《死亡和生命的
　　　　笑话》。

1903 年　由于经济上的重挫，妻子精神崩溃，直至死去。

1904 年　完成最著名的创作《已故的帕斯卡尔》，出版小说《白与黑》。

$\frac{1906}{1908}$ 年　出版《双面埃玛》《老人和青年》，发表论著《幽默主义》。

1910 年　完成喜剧《西西里柠檬》。

1911 年　结束对《她的丈夫》的创作，出版《赤裸裸的生活》《一个角色的悲剧》。

1912 年　出版小说《三重奏》。

1913 年　出版新的长篇小说《老人与青年》。

1914 年　出版小说《两个面具》。

1915 年　出版《我们园中之草》，公演戏剧《是这样，如果你们以为如此》《和角色的对话》。

1916 年　完成戏剧《想一想，贾科米诺！》《利奥来》《开拍！》。

1917 年　出版小说《明天是星期一》。完成剧作《依你之见》《带铃的帽子》《诚实的快乐》。

1918 年　出版小说《月中之马》。完成剧作《是这样，如果你们以为如此》《并非一件严肃的事情》《游戏规则》。

1919 年　出版小说《布瑞奇和战争》《死亡盛会》。完成剧作《人、兽和美德》《一切皆佳》。

1920 年　完成剧作《第一个和第二个摩利太太》《像从前却胜于从前》在米兰第一次上演。

1921 年　出版小说《肉食的异教徒》，上演戏剧《六个寻找剧作家的角色》。

1922 年　完成《亨利四世》《给裸体者穿上衣服》。《诚实的快乐》
　　　　在巴黎上演。辞去师范学院的任教。

1923 年　完成《我给你的生命》。

1924 年　完成《各行其是》《别人的权利》。

1925 年　完成小说《一个电影摄影师的日记》。

1926 年　出版《一个，谁都不是，十万个》。

1927 年　完成《黛安娜和突达》《太太们的朋友》。

1928 年　完成《新殖民地》。

1929 年　完成《零与一之间》《拉惹鲁斯》。

1930 年　完成《像你希望我的那样》《我们今晚即兴演出》。

1932 年　完成《寻找自我》。

1932 年　完成《飞黄腾达时》《寻找自我》。

1934 年　荣获诺贝尔文学奖。

1935 年　完成《没有人知道该如何》和论著《艺术与科学》。

1936 年　12 月 10 日，在意大利罗马与世长辞。

1937 年　未完成的剧作《高山巨人》由后人制作并上演。

1958 年　皮兰德娄的全部剧作收集在戏剧集《赤裸的面具》之中。

附录二 诺贝尔文学奖大系书目

1901 年　　苏利·普吕多姆（法国）　　《孤独与沉思》

1902 年　　特奥多尔·蒙森（德国）　　《罗马史》

1903 年　　比昂斯滕·比昂松（挪威）　　《挑战的手套》

1904 年　　何塞·埃切加赖（西班牙）　　《伟大的牵线人》

1904 年　　弗雷德里克·米斯特拉尔（法国）　　《米赫尔》

1905 年　　亨利克·显克微支（波兰）　　《你往何处去》

1906 年　　乔苏埃·卡尔杜齐（意大利）　　《青春的诗》

1907 年　　拉迪亚德·吉卜林（英国）　　《丛林故事》

1908 年　　鲁道夫·奥伊肯（德国）　　《人生的意义与价值》

1909 年　　拉格洛夫（瑞典）　　《尼尔斯骑鹅旅行记》

1910 年　　保尔·海泽（德国）　　《骄傲的姑娘》

1911 年　　梅特林克（比利时）　　《青鸟》

1912 年　　霍普特曼（德国）　　《织工》

1913 年　　泰戈尔（印度）　　《新月集·飞鸟集》

1915 年　　罗曼·罗兰（法国）　　《约翰·克利斯朵夫》

1916 年　　海顿斯坦姆（瑞典）　　《查理国王的人马》

1917 年　　彭托皮丹（丹麦）　　《天国》

1917 年　　耶勒鲁普（丹麦）　　《明娜》

1919 年　　卡尔·施皮特勒（瑞士）　　《伊玛果》

1920 年　　汉姆生（挪威）　　《大地的成长》

1921 年　　法朗士（法国）　　《泰绮思》

1922 年　　贝纳文特（西班牙）　　《不该爱的女人》

1923 年	叶芝（爱尔兰）	《当你老了》
1924 年	莱蒙特（波兰）	《农夫》
1925 年	萧伯纳（爱尔兰）	《圣女贞德》
1926 年	黛莱达（意大利）	《邪恶之路》
1927 年	亨利·柏格森（法国）	《创造进化论》
1928 年	温塞特（挪威）	《新娘·女主人·十字架》
1929 年	托马斯·曼（德国）	《布登勃洛克一家》
1930 年	辛克莱·刘易斯（美国）	《巴比特》
1931 年	埃里克·卡尔费尔德（瑞典）	《荒原与爱情》
1932 年	约翰·高尔斯华绥（英国）	《福尔赛世家》
1933 年	伊凡·亚历克塞维奇·蒲宁（俄罗斯）	《阿尔谢尼耶夫的一生》
1934 年	路易吉·皮兰德娄（意大利）	《六个寻找剧作家的角色》
1936 年	尤金·奥尼尔（美国）	《进入黑夜的漫长旅程》
1937 年	马丁·杜·加尔（法国）	《蒂博一家》
1944 年	约翰内斯·延森（丹麦）	《希默兰的故事》
1945 年	加夫列拉·米斯特拉尔（智利）	《葡萄压榨机》
1946 年	赫尔曼·黑塞（瑞士）	《荒原狼》
1947 年	安德烈·纪德（法国）	《窄门》
1949 年	威廉·福克纳（美国）	《喧哗与骚动》
1954 年	海明威（美国）	《永别了，武器》
1956 年	希梅内斯（西班牙）	《小毛驴与我》
1957 年	加缪（法国）	《局外人》
1958 年	帕斯捷尔纳克（苏联）	《日瓦戈医生》